KB023044

눈이 부신 날

# 눈이 부신 날

**제1판 1쇄** 2023년 9월 20일

**지은이** 김혜정
**펴낸이** 이경재
**책임편집** 비비안 정

**펴낸곳** 도서출판 델피노
**등록** 2016년 8월 11일 제2020-000082호
**주소** 서울시 양천구 신정중앙로 86, 덕산빌딩 5층
**전화** 070-8095-2425
**팩스** 0505-947-5494
**이메일** delpinobooks@naver.com
**ISBN** 979-11-91459-69-2 (03810)

# 눈이 부신 날

김혜정 소설집

델피노

# 목차

서른을 넘기면서부터 나의 주변 사람들의 고민이 귀에 흘러들어왔다.

　"그 약이 좋다더라."

　"나는 한방병원 다니면서 좀 나아졌어."

　"그 약은 효과는 좋은데, 정력이 약해진다고 해서 조심스러워."

　"스트레스 안 받는 게 최고야."

　"검은콩 먹어. 그게 제일 안전한 방법이야."

　그렇다. 모두가 짐작했듯, 사람들이 말하는 그것은 탈모에 관한 이야기다. 하루에 기본적으로 50~60개 빠지는 머리카락이 100개 이상 빠진다면 탈모를 의심할 수 있다. 아버지가 탈모 증상이 있다면 아들인 나도 탈모가 올 테니, 지금 당장 증상이 없더라도 미리 준비해두는 게 좋을 것 같아 나름 관리를 했다.

저녁에 식당에서 만난 친구 승규는 찬으로 나온 콩자반을 젓가락으로 집어 먹으며 말했다.

"결혼생활 해보니 어때?"

"뭐, 똑같아. 주희랑 오래 사귀었으니까."

승규와 나는 맥주 대신 사이다가 든 컵을 서로 짠 하고 부딪혔다. 거의 한 달 만에 만난 승규의 정수리가 휑해진 것이 보였다. 승규는 원형 탈모였다. 자기도 신경 써서 관리한다고는 하나 만날 때마다 승규의 모습이 또래 친구보다 빠른 속도로 달려가는 것은 어쩔 수 없는 것이었다. 언젠가 승규네 집에서 만난 승규 아버지의 민머리를 떠올리며 나는 사이다를 들이켰다.

주희와 나는 스무 살 때 처음 만났다.

대학교 동기였던 우리는 처음에는 그리 친하지 않은, 그저 굳이 말하자면 '친구'인 사이였다. 왁자지껄 여럿이서 모인 자리에서는 잘 어울려도 둘만 남은 자리에서는 어색하기 짝이 없는 사이. 그런 우리가 연인이 된 것은 내가 군 제대를 하고 복학할 무렵, 내게 주희가 고백을 하면서부터였다. 내가 대학교에 있을 땐 몰랐는데 눈앞에서 내가 사라지니 내가 너무 그리워졌고 그때 주희는 자신이 나를 좋아하고 있다는 걸 깨달았다고. 나도 그런 솔직하고 당당한 주희가 싫지 않았고, 우리는 그 후로 9년을 사

눈이 부신 날

귀었다. 그리고 모두가 예상했던 대로 부부가 되었다.

우리가 결혼을 하던 당시, 사람들은 축하한다는 말과 함께 이 말을 갖다 붙였다. 9년이나 연애했으니, 이미 갈 데까지 갔을 테고 친구처럼 가족처럼 지내라고. 9년을 사귀고 결혼했으면 부부가 아닌가? 우리가 신혼 분위기를 내지 않을 특별한 이유라도 있는 건 아니지 않은가.

솔직히, 밤이 되면 헤어지는 일이 사라졌을 뿐 우리 부부는 결혼하기 전과 크게 달라진 것이 없었다. 사람들 말이 맞았다. 우리는 연인에서 가족이 된 것이었다.

집으로 돌아와 씻고 잠자리에 누웠는데, 곁에 누운 주희가 내 머리칼을 부드럽게 쓰다듬었다. 나는 옆으로 돌아누워 주희를 봤다. 주희가 걱정스런 표정으로 내게 말했다.

"자기야, 머리 빠진 것 같아. 정수리가 보여."

"요즘 일 때문에 신경 써서 그런가 봐."

"내가 내일 미역 사올게. 미역국 끓여 먹자. 탈모에는 해조류가 좋대."

나는 내 머리를 쓰다듬는 주희의 부드러운 손길을 느끼며 잠이 들었다. 그날 밤, 나는 주희의 품 안에 얌전히 안겨있는 통통하고 자그마한 백구 새끼 한 마리가 되는 꿈을 꿨다.

아무래도 정수리가 이상했다.

보통 탈모 증상이라면 머리카락이 빠져 헤실헤실하게 빈틈이 보인다거나 그 부위만 두드러지게 허전해야 하는 게 맞는데, 내 정수리는 빈 것이 아니라 툭 튀어나와 있었다. 아침에 머리를 감으며 살펴보니, 정수리에 단단한 혹 같은 것이 만져졌다.

처음에는 나도 모르는 사이에 어딘가에 부딪혀 생긴 혹인 줄 알았다. 그렇다면 며칠 내로 가라앉겠지. 그러나 그것은 날이 갈수록 나아지기는커녕 점점 더 커져 갔다. 평소 나와 간단한 인사 정도만 주고받던 같은 사무실 경리 수민 씨가 지나가면서 "대리님, 머리 위에 뭐가 튀어나온 것 같아요."라고 하던 날, 나는 병원에 가기로 마음먹었다. 수민 씨에게서 그 이야기를 듣기 전에 수십 명에게서 정수리에 관한 이야기를 들은 후였다.

수요일, 반차를 내고 내가 들어선 곳은 대학병원 신경외과였다.

지난주에 초진을 받고 이것저것 검사를 하고, 결과를 듣기 위해 재차 찾은 그곳에는 아버지뻘 되는 심재복 교수가 심각하게 인상을 쓴 채 책상 위 큰 모니터를 노려보며 팔짱을 끼고 서 있었다.

"교수님, 안녕하세요."

"네, 안녕하십니까. 그간 불편하신 데는 없으셨어요?"

"네. 뭐, 정수리가 신경 쓰이긴 했지만 별다른 통증도 없었고요."

신경외과 전문의 심재복 교수는 내게 손을 뻗어 진료실 의자를 권했고, 책상 건너편 의자에 앉아 나를 마주 보았다.

"권정훈 환자분의 CT 사진이에요."

심 교수는 모니터를 돌려 내게 보여주었다. 모니터 화면 속에는 영화에서나 나올 법한 희멀건 해골바가지가 떠 있었다. 그리고 그 해골바가지의 정수리에는 조그만 돌기가 불쑥 솟아나 있었다.

"여기, 보이세요?"

심 교수가 책상 위 펜을 들어 사진 속 정수리 위의 돌기를 정확히 가리켰다. 나는 고개를 쓱, 내밀고 그것을 더 자세히 들여다봤다.

"네, 잘 보여요."

"이 사진은 권정훈 환자분의 CT 결과에요. 이건 환자분의 머리고요."

"이게, 제 머리예요?"

"환자분이 보시기에도 이상한 부분이 있으시죠?"

"네, 여기."

나는 심 교수가 가리켰던 그 부분을 손가락으로 가리켰다. 손가락이 가리킨 그곳은 정수리 가운데에 불룩하게 솟은 돌기였다. 심 교수가 다시 입을 열었다.

"머리에 혹이 생기는 원인은 다양합니다. 단순하게 타박상에 의해 생기는 혹이 있고요, 무리해서 피로가 쌓이고 노폐물이 쌓였는데 배출이 제대로 안 되었을 때 생기는 피지 낭종이 있어요. 4, 50대 환자분들에게서 나타나는 지방종일 수도 있고요. 우리가 '쥐젖'이라고도 말하는 양성 종양인 섬유종일 수도 있는데, 이때는 저희가 입원 치료를 권해드립니다."

심 교수는 열심히 설명하다가, 심각한 듯 코로 작게 한숨을 내쉬며 나를 쳐다보았다. 아니, 정확하게는 내 정수리를 쳐다봤다. 불안했다. 나는 한 차례 침을 꿀꺽, 삼킨 뒤 다시 입을 열었다.

"교수님, 제가 큰 병이라도 걸린 겁니까?"

"권정훈 님, 놀라지 말고 침착하게 들어주세요. 그게 말이죠……."

"저는 마음의 준비가 다 되어있습니다. 제가 어떤 병인가요?"

심 교수는 망설인 끝에 내게 다시 말을 이었고, 나는 그 자리에서 잠시 할 말을 잃은 채 굳어 버렸다.

"뿔입니다."

뿔이라고? 잠깐만, 이게…… 뿔이라고? 나는 잠시 손을 들어 내 정수리를 조심스럽게 만져보았다. 그 단단하고 조그만 돌기는 그 자리에 그대로 솟아나 있었다.

"뿔이라뇨? 제가 도깨비도 아니고, 왜 여기에 뿔이 납니까?"

애써 감추려 했지만, 흥분은 좀처럼 감추기 힘들었다. 뉴스에서 나오는 병원에서 난동을 피우는 진상 환자는 되고 싶지 않았기에, 나는 다시 한번 눈을 질끈 감고 심호흡을 한 뒤 마음을 애써 진정시키고 심 교수의 이어지는 말에 귀를 기울였다.

"혹이라면 고름이나 종양 세포들로 이루어져 있는데, 권정훈 님의 그것은 검사 결과 각질과 골질로 이루어져 있어요. 즉, 동물의 뿔과 같은 구조로 이루어져 있다는 거죠."

"그럼, 저는 이제 어떻게 해야 하는 거죠?"

"혹시나 통증이나 염증이 있다면 입원 치료를 권해드릴 겁니다. 하지만 별다른 염증 반응도 없고, 아프지도 않으신 걸로 봐서 권정훈 님은 뿔에 대해 큰 불편이 없으신 것 같네요. 빠른 시일 내에 제거를 원하십니까?"

나는 잠시 망설였다. 얼마 전, 신혼집을 마련하느라 은행 대출을 많이 받았다. 그리고 내가 다니는 전자제품 회사는 이번에 나오게 될 로봇청소기 신제품 출시를 준비하느라 눈코 뜰 새 없이 바빴다. 그리고 나는 이제 막 장가 간 새신랑이었다.

내가 대답을 찾지 못하고 계속 망설이자, 심 교수는 코끝까지 흘러 내려간 뿔테 안경을 손가락으로 밀어 올리고는 입을 열었다.

"지금으로서는 뿔의 성장 속도도 그리 빠르지 않고, 환자분 일상생활에 크게 불편한 점이 없으시다면 지금처럼 생활하시면 됩니다. 하지만 만약 혹시라도 뿔이 급격하게 크게 자라나거나 그 부위에 통증이 느껴지시면 당장 병원으로 오셔야 합니다."

그 말을 마지막으로 심 교수의 진료는 끝났다. 내가 진료실 문을 열고 나서자마자, 내 또래의 깡마른 남자가 젊은 여자의 부축을 받으며 의자에서 일어나 진료실로 들어갔다. 그 남자의 머리카락 한 올 남지 않은 반들거리는 머리는 하얀 니트 모자가 씌워져 있고, 피부는 건강하지 않은 짙은 갈색빛이었다. 나도 저렇게 되는 게 아닐까. 이제 막 신혼생활을 즐기려는 참인데, 아내의 간병을 받으며 투병 생활을 한다는 건 상상만으로도 끔찍했다.

그날, 나는 집으로 돌아가 주희에게 진료 결과를 설명했다. 조용히 고개를 끄덕이며 내 이야기를 들은 주희는 내 정수리를 가만히 쓰다듬었다.

"진짜 신기하다. 사람인데…… 어떻게 뿔이 나?"

"그러게 말이야. 염소도 아니고."

주희는 고개를 숙인 채 자기 손등을 어루만졌다.

어릴 적 주희의 왼쪽 손등에는 혹이 있었다고 했다. 공교롭게도 왼손잡이인 주희는 자신이 친구들과는 다른 이상한 점이 있는 아이라는 것을 숨기기 위해 일부러 친구들에게, 자기 혹 속에는 마법의 힘이 실려 있다고 씩씩하게 말하고 다녔었다. 그러나 딸아이의 손등에 정체 모를 혹이 달려 있는 것을 가만히 두고 볼 부모가 어디 있겠는가. 주희는 장모님의 손에 이끌려 병원을 찾았고 검사 결과, 그것은 주희도 모르는 사이 어딘가에 부딪혀 생긴 혹이었고 그 속에는 마법의 힘이 아닌 노란 고름이 가득 차 있었다. 그 병원에서 주희는 영문도 모른 채 처치실에 들어갔고, 그곳에서 의사는 뾰족한 주삿바늘을 주희의 손등에 불룩 솟아난 혹에 사정없이 꽂아 노란 고름을 쭈욱 빼냈다. 주희는 병원이 떠나가라 괴성을 지르며 치료를 무사히 마쳤고, 주희의 마법의 혹은 사라졌다. 물론, 그 혹이 사라진 후에도 주희는 계속 왼손잡이였다.

"나중에 엄마한테 옛날에 내 손등에 있던 혹이 뭐였냐고 물어봤는데 그게 '결절종'이었대."

"결절종?"

"물혹. 종양이긴 한데, 양성이라서 금방 없앨 수 있었어. 그 이후로 다시 생긴 적도 없었고."

"그런 게 왜 생겼을까?"

"원인은 잘 모른대. 근데 뭐 무리해서 피곤하거나 그러면 그런 게 생기지 않을까? 아니면 자기도 모르는 사이에 어디 부딪혀서 생긴 혹일 수도 있고."

결절종. 나는 생전 처음 들어보는 생소하고 기묘한 단어를 되뇌면서 주희의 희고 가지런한 손을 물끄러미 쳐다봤다. 주희는 어릴 적부터 피아노를 배웠고 대학에서도 실용음악을 전공했으며 현재 음악학원 피아노 강사로 일하고 있었다. 그녀의 아름다운 손에는 혹은커녕 그 흔한 흉터조차 찾아볼 수 없었다.

"별일 없을 거야. 너무 걱정하지 마."

주희는 내 정수리에 별안간 솟아난 그것이 뿔이 아닌 혹이라고, 그것이 어린 시절 자기 손등에 솟아난 결절종처럼 병원에서 치료하면 금방 낫게 될 대수롭지 않은 것이라고 믿고 싶어 했다. 그리고 나도 그러길 바랐다.


그러나 그 바람은 우리 부부의 꿈일 뿐이었다.

우리의 바람과는 달리 내 정수리 위의 뿔은 하루하루 몇 밀리미터씩 꾸준히 자라났다. 나는 아침마다 욕실 거울에 비친 내 정수리를 보며 짐승 같은 포효를 내질렀다.


"권정훈 님 말씀대로 뿔 제거를 위해 입원하고 수술을 할 수도 있습니다. 그런데 말이죠, 환자 분 종양 부위가 굉장히 안 좋은 위치입니다."

"그럼 지금 당장 없애는 건 안 된다는 말씀인가요?"

다시 찾은 병원 진료실. 심 교수는 한숨을 삼키며 내게서 모니터 쪽으로 시선을 옮겼다. 자연스럽게 내 시선도 그곳으로 향했다.

"손목이나 발목을 포함한 몸의 부위에서 생기는 양성 혹이라면 비교적 수월하게 제거가 가능합니다. 그런데 권정훈 환자분 뿔의 부위는 머리에요. 환자분도 이미 알고 있는 것처럼 머리는 큰 수술이 요구돼요. 혹시라도 잘못될 경우 돌이킬 수 없는 큰 사고가 날 수도 있죠. 제가 권해드리는 방법은 일단 일상생활을 하면서 정기적으로 병원에 오셔서 검사를 받으며 상태를 지켜보는 것입니다."

나는 시원스런 대답을 듣지 못한 채 진료실을 힘없이 나섰다. 진료실 문을 열고 나서기 전 잠시 벗었던 남색 비니를 머리에 다시 썼다.


내 머리에 각질과 골질로 이루어진 뿔이 돋기 시작한 뒤 회사에서 출시한 로봇청소기 신제품이 정식으로 전국 매장에 판매되었다. 강력하게 흡입한 미세먼지를 다섯 번 걸러주는 제품이었다. 살균 기능도 뛰어나서 요즘처럼 세균에 예민한 시대에 적합한 로봇청소기였다.

불필요한 것은 무엇이든 쏙쏙 빨아들이는 강력한 힘을 자랑하는 로봇청소기를 보면서, 나는 생각했다. 이 둥그렇고 매끈한 물건이 내 머리에 솟아나고 있는 뿔도 단 한 번에 깨끗하게 흡입해주면 얼마나 좋을까.

　주희와 결혼하고 나서 우리는 내 차를 함께 쓰기로 약속했다.
　주희는 연애할 때도 자기 차가 있었지만 그 차는 살 때부터 중고차여서 오래 타기에는 유지비가 더 들 것 같았고, 내 차는 할부로 뽑은지 얼마 안 된 신형 승용차였다. 우리는 상의 후 번갈아 가며 내 차를 타기로 하고, 주희 차는 다시 중고자동차 매장으로 갔다. 그날, 주희는 자기 차를 보내면서 많이 울었다. 그녀의 말에 의하면, 오래 정을 두고 사귄 친구를 영영 떠나보내는 기분이었다고. 주희의 그 차는 자기가 대학교 졸업하고 나서 1년도 되지 않아 취업에 성공하자 장인어른이 기쁜 마음으로 중고차 매장에 가서 딸에게 사준 취업 축하선물이었다. 아버님의 마음 같아서는 새 자동차를 덥석 사주고 싶었지만, 주희는 첫차를 새 차로 뽑으면 마음 놓고 탈 수 없기에 중고차를 사달라고 했다. 주희에게 그 차는 사연이 많은 차였다. 처음이라는 소중한 의미가 담긴 그 차는 주희가 사회 초년생이었을 때 감정 쓰레기통이 되어주었고, 혼자 있고 싶을 때 편히 쉴 수 있는 휴게실이었으며, 우리는 그 차 속에서 사랑을 키워갔다.

하지만 주희는 결혼 후 내 차를 함께 쓰기 시작하면서 자기 차를 떠나보내며 눈물짓던 그날은 언제 그랬냐는 듯 공동소유가 된 내 차를 거의 독점하듯 타고 다녔다. 차는 역시 새 차가 좋다면서. 주희의 직장은 차로 한 시간 거리에 있었다. 그런 반면, 내 직장은 차로 20분 거리였다. 내가 늦잠을 자서 지각하지 않는 한 우리 차는 늘 주희 차지였다.

나의 출근길은 차로 20분 거리였지만 지하철을 타면 40분쯤 걸리는 거리였다. 버스는 그보다 조금 더 걸렸다. 주희가 차를 타고 가버려서 내가 버스나 지하철을 타더라도 운 좋게 자리가 비어 여유롭게 앉아서 갈 땐 차창 밖이 그렇게 낭만적이고 여유로워 보일 수가 없는데, 실은 그렇지 않은 날이 더 많았다.

그날도 나는 차 없이 출근길을 나서기로 했다.

정수리의 뿔은 점점 꾸준히 자라나고 있었다. 7월. 모자를 쓰기에는 너무 더운 날씨였다. 그렇다고 모자를 안 쓰고 다니자니 정수리가 불룩 솟아오른 모양이 영 보기 싫었다. 아파트 현관에서 낮은 구두를 신으면서 주희가 내게 물었다.

"내가 차 타고 가도 정말 괜찮겠어?"

"괜찮아."

"자기 머리 어디 받혀서 덧나면 안 되는데…… 아니면, 내가 지하철 타고 갈게."

"괜찮다니까. 자기, 지하철 타면 한 시간 넘게 가야 하잖아. 나 때문에 늦어서 혼나면 어떡해."

나는 현관 앞에서 망설이는 주희를 떠밀었다. 나를 걱정스럽게 바라보던 주희는 갑자기 나를 와락, 껴안고는 내게 키스를 퍼부었다.

"조심해! 뿔, 뿔!"

주희는 연애 시절 때부터 내 머리를 쓰다듬으며 키스하는 버릇이 있었는데 그날 아침에도 자기도 모르는 그 버릇이 튀어나왔다. 내 고함에 주희는 흠칫, 놀라 내 머리를 감싼 자기 손을 급히 뗐다가 다시 한번 내 입술에 가볍게 입을 맞추곤 그때서야 출근길을 나섰다.


지하철역을 들어서기 전부터 나는 후회를 했다.

그날따라 역 안은 사람들로 북적거렸다. 혹시 사람들 앞에서 내 뿔이 드러나 그들을 놀래키지는 않을까, 혹시나 내 뿔이 누군가를 본의 아니게 공격하진 않을까……. 나는 노심초사한 마음을 애써 진정시키고 계단을 조심스럽게 내려갔다.

우리 부부가 사는 아파트는 교통이 편리했다. 가까운 지하철역도 있고, 정류장도 여러 군데 있어서 버스가 수시로 왔기 때문

눈이 부신 날

에 도무지 오지 않는 버스를 기다리느라 발을 동동거릴 필요가 없었다. 다만, 문제는 지금이 아침 출근 시간이라는 점이었다. 그것은 학생들의 통학 시간과도 겹친다는 뜻이기도 했다.

옛날 옛적에, 사람을 닮은 뿔소 한 마리가 살았다.

그 뿔소는 여느 사람들처럼 평범하게 자라나 아리따운 여인을 만나 사랑에 빠졌고, 그 뿔소는 그녀와 결혼을 했다. 뿔소는 행복했다. 하지만 신은 뿔소가 행복하기를 원하지 않았고, 그를 진짜 뿔소로 점점 변해가게 만드는데…… 과연 이 뿔소는 인간 세계에서 사람들과 잘 어울려 살아갈 수 있을 것인가.

나는 머릿속에 즉흥적으로 동화를 지어내며 북적거리는 사람들이 들어선 지하철에 몸을 실었다. 나는 문 바로 앞에 있는 기둥을 잡고 간신히 자리를 잡았다. 이렇게 딱 40분만 버티자. 그 정도는 할 수 있잖아, 그치? 나는 내 속에서 꿈틀거리는 난폭한 뿔소 한 마리를 살살 달래듯 마음으로 되뇌었다. 그런데, 아까 전부터 뭔가 거슬리는 장면이 눈에 띄었다.

좌석에 앉은 교복 입은 한 여학생은 밤새워 공부한 모양인지 고개를 앞으로 숙인 채 꾸벅꾸벅 졸고 있었다. 그리고 그 옆에 바짝 붙어 앉아 있는 말쑥한 양복 차림의 중년 남자가, 서류 가방을 앞으로 가리고는 한 손으로 그 여학생의 옆구리를 슬쩍슬쩍 만지고 있었다. 이런 음흉한 놈이 있나! 말릴 틈도 없이 나는 소리를 버럭 질렀다.

"아저씨! 어딜 만지시는 거에요!"

전철 안에서 갑작스럽게 울려 퍼진 내 목소리에, 사람들의 시선이 순식간에 이곳으로 집중되었다. 성추행 당하던 여학생도 졸린 눈을 비비며 굼뜨게 고개를 들었다. 아이고, 이 둔한 녀석아.

"아니, 내가 뭘 만졌단 거요! 이 아저씨가 생사람 잡고 있네!"

"아저씨가 아까부터 딱 붙어서 학생 몸 자꾸 건드렸잖아요!"

"이 사람이! 내가 추행이라도 했다는 거야, 뭐야?"

삐쩍 마르고 키가 큰 아저씨는 급기야 자리에서 벌떡 일어나 내 앞에 딱 붙어 서서는 내 얼굴에 삿대질을 해댔다.

"하여튼 요즘 젊은 놈들 싸가지가 없어가지고, 어른한테 건방지게 소리나 빽빽 지르고! 뭐, 몸을 만졌다고? 증거 있어? 내가 저 어린 년 뭐 볼 게 있다고 만져? 너, 내가 누군지 알아?"

몇 차례 날 선 고성이 오가고, 아저씨는 손으로 내게 위협을 주더니 내가 쓰고 있던 비니를 양쪽으로 거칠게 확, 집었다. 나는 너무 놀라 비니를 더 세게, 필사적으로 꾹 눌렀다.

"이 모자는 절대 안 돼요!"

"모자에 금칠이라도 했나? 벗어, 이 건방진 새끼야!"

여기서 모자가 벗겨지면 나는 이제 어떻게 될까. 주위 사람들은 벌써 휴대폰을 들고 우리 두 사람의 싸움을 구경하고 있었다. 이 동영상이 인터넷에 올라가면 아마도 내 닉네임은 '뿔소남' 혹은 '도깨비'가 되어버릴 것이었다. 저쪽에 서 있는 그 여학생은 이러지도 저러지도 못한 채 입을 두 손으로 틀어막고 있었다.

그때, 어떤 아줌마의 우렁찬 목소리가 울려 퍼졌다.

"잠깐만, 아저씨! 아저씨가 학생 만진 것 맞잖아요!"

소리를 지른 사람은 맞은편 좌석 쪽에 서 있던 통통한 아줌마였다. 그 아줌마는 아저씨가 내게 그랬던 것처럼 아저씨를 향해 거칠게 삿대질을 해대며 다시 한번 크게 소리를 질렀다.

"여기 사람들 동영상 다 찍어서 증거 있으니까 어서 경찰서 가서 조사 받자고! 얼른!"

마침, 다음 역에 도착한 전철 문이 열리고 아줌마, 그 아줌마에게 멱살 잡혀 끌려가는 아저씨, 여학생 그리고 영상을 촬영한 또 한 명의 여대생이 그곳에서 내렸다. 그렇다. 아줌마는 용감했다! 정말 멋있는 아줌마였다. 출근길이었지만 나도 함께 내려 조사에 협조해야 할 것 같아 그들과 함께 내리려는데 아줌마가 나를 극구 말렸다.

"아저씨는 그냥 가던 길 가세요. 아파 보이시는데, 병원 가는 길 맞죠? 가서 치료 잘 받으시고, 얼른 나으세요."

아줌마 눈에 내가 도대체 어떻게 보였던 걸까. 큰 병에 걸려 치료를 받으러 다니는 환자로 보였던 걸까. 지하철 노선을 보니, 마침 내가 다니는 직장 다음 역이 대학병원이었다.

역에서 내려 걷다가 문득 마주친 거울 안에는 머리에 비니를 덮어쓰고 얼굴빛이 누렇게 뜬, 영락없는 환자 한 명이 우두커니 서 있었다.

하필 왜 내게 이런 일이 일어난 걸까.

험난했던 출근길을 지나 회사에 무사히 도착해 내 책상에 앉아 업무를 보면서, 지금껏 내가 살아오면서 어떤 잘못을 저질렀나 생각했다.

일곱 살 때 장난감 가게 앞에서 엄마한테 로봇 장난감을 사달라고 바닥을 구르며 떼를 쓴 일, 열한 살 때 친구네 집에 간다고 친구들과 학교 담벼락을 넘은 일, 열네 살 때 PC방에 간다며 아빠 지갑에서 몰래 만 원 한 장을 훔친 일, 열일곱 살 때 한 여학생의 고백을 부담스럽다는 이유로 거절한 일, 열여덟 살 때 첫사랑과 첫 키스하다가 매너없이 방귀를 뀐 일, 대학교 1학년 엠티 때 술에 잔뜩 취해 선배 바지에 구토한 일, 주희와 연애하면서 TV 속 걸그룹이 주희보다 더 예쁘다고 솔직하게 말해버린

눈이 부신 날

일…….

세상은 랜덤으로 운을 내려준다.

누구나 이미 다 알고 있듯이, 우리는 환경을 내 마음대로 정하지 못한 채 이 세상에 태어난다. 하지만 우리를 둘러싼 그 모든 것이 항상 좋을 수도 없고 또 모든 것이 나쁠 수도 없다. 슬프고 나쁘고 더러운 날들이 내내 이어지다가 어느 날 갑자기 믿을 수 없는 눈부신 기적이 일어나기도 하고, 부잣집에서 어느 것 하나 부족한 것 없이 풍요롭게 살다가 어느 시점에 지독한 사건에 휘말려 나락으로 떨어지기도 한다. 그리고 우리는 그것을 '운명' 혹은 '팔자'라고 부른다.

하지만 정해져있는 그것도 우리가 삶에서 누구를 만나고 어떤 선택을 하느냐에 따라 수없이 많은 갈래의 길로 나뉘는데, 나는 그 선택과 사건 또한 운명이라는 생각이 든다. 우리는 수많은 사건에 휘말리고, 수많은 선택을 하면서 살아야 하는 '운명'을 타고난 것이라고.

요즘 주희는 수시로 생리주기를 체크하고 있었다.

아기는 신혼생활을 1년 정도 즐기고 갖기로 했지만, 그 계획은 언제라도 무산될 수 있는 것이었다. 그건 사실 그리 큰 걱정은 아니었다. 결혼하면 언제라도 꼭 아기를 갖자고 주희와 약속했으니까.

내가 걱정하는 건, 2세의 정수리였다. 혹시…… 아이가 아빠를 닮아 정수리에 뿔을 단 채로 태어나면 어쩌지.

어느 날, 나의 아기가 태어났다.

그런데 그 아들인지 딸인지 모를 사랑스러운 아기 정수리에 아빠를 닮은 단단한 뿔이 솟아나 있다면? 그것도 아들이 아닌 딸이라면? 아니, 쌍둥이라면?

나는 머릿속에 끊임없이 이어지는 불길한 상상을 떨쳐버리려 고개를 세게 저었다. 그러자 갑자기 머리에서 쿵쾅거리는 통증이 느껴졌다. 나는 자리를 박차고 일어나 사무실 밖으로 나갔다.

회사 옥상에서 모자를 벗고, 깊은 한숨을 내쉬었다. 모자를 쓰지 않고 다닐 땐 몰랐던 바람이 고스란히 느껴졌다. 여름이 가고, 가을이 오고 있었다. 주희와 결혼한 지 이제 넉 달이 흘렀다. 그 사이 계절이 바뀌고 있었다.

회사는 계속 다닐 수 있을까. 결혼하고 1년 후면 새 전셋집을 계약해 이사도 가고, 아기도 갖기로 했는데. 이번에 월급 받으면 주희와 상의한 대로 처가에 있는 오래된 세탁기를 바꿔드리기로 했는데. 다음 달에는 주희와 제주도로 여행 가기로 했는데…….

나는 옥상에 올라오기 전 자판기에서 뽑은 캔 커피를 단숨에 들이켰다. 찬 음료를 급하게 들이켜는 순간, 다시 머리가 띵해졌다. 나는 관자놀이를 손바닥으로 누르며 인상을 찌푸렸다.

담배를 끊은 지 1년이나 지났는데 옥상에 올라와 말간 하늘 아래 빽빽하게 들어찬 회색빛 빌딩 숲을 보고 있자니, 또다시 담배 생각이 희뿌옇게 올라왔다. 아쉬운 대로 입안에 뭐라도 넣어야겠다고 바지 주머니를 뒤적이는데, 갑자기 뒤에서 발걸음 소리가 들렸다. 나는 화들짝 놀라 옆 주머니를 뒤져 모자를 꺼내어 쓰려 했으나, 모자는 그곳에 없었다. 나는 급한 대로 빈 캔을 머리 위로 올렸다.

"권 대리, 뭐해?"

옆 사무실에서 근무하는 입사 동기 김 대리였다. 그는 담배 한 개비를 입에 물고 라이터 불을 켜려다, 수상한 행색의 나를 보곤 놀란 토끼 눈이 되어 내게 가까이 다가왔다.

"아냐, 아무것도."

당황한 나는 꼼짝없이 그 자리에 선 채 캔을 머리에 올려 필사적으로 뿔을 가렸다. 김 대리는 의아한 표정으로 나를 쳐다보며 물었다.

"웬 깡통을 머리에 대고 있어? 머리 아파?"

"아, 두통이 와서. 이젠 좀 괜찮네."

내가 괜찮은 것을 확인한 김 대리는 옥상 난간에 기대어 담배를 피우며 한숨을 푹, 내쉬었다. 희뿌연 담배 연기와 함께 김 대리의 한숨이 공중으로 흩어졌다.

"권 대리도 건강 조심해. 내 친구도 갑자기 아파서 병원 갔는데 머리에 뭐가 생겼다더라."

"머리에 뭐가 생겼는데?"

"몰라. 열어봐야 정확히 안대. 검사 결과로는 혹이나 종양이라더라."

나는 어떻게 해야 할지 몰라 멍하니 서 있었다. 나도 그런 심각한 병이면 어떡하지. 김 대리의 담배는 검붉게 타들어가고 있었다. 김 대리도 건강 잘 챙겨. 나는 김 대리의 입에 물린 담뱃불마냥 검붉게 타들어가는 마음으로 그의 어깨를 말없이 툭툭 두드려주고는, 혼자 옥상에서 내려갔다.

"수술합시다."

다시 찾은 병원 신경외과 진료실. 심 교수는 책상 너머 자신과 마주 앉은 나와 주희의 눈을 보며 길게 이어지는 설명 끝에 확신에 찬 목소리로 시원스럽게 말했다. 심 교수의 말에 의하면, 정밀검사 결과 내 머리에 솟은 뿔은 머릿속 신경이나 중요한 혈관과 이어진 부분이 없고 성장 가능성도 보이지 않으며 무엇보다 악성 종양 즉, 암으로 발전할 가능성이 없다는 것이었다. 즉, 내 뿔은 그저 보기 흉하지만 단순한 기형 혹이었던 것이다.

수술 날짜가 잡히고, 나는 회사에 사정을 이야기한 후 보름간 병가를 냈다. 내가 머리 수술을 한다는 걸 알게 된 가족들과 동료들은 깜짝 놀랐지만, 주희와 나는 의외로 담담했다.

나는 평범하게 태어났고, 평범하게 자랐고, 지극히 평범한 어른이 되어 평범한 삶을 살고 있는 사람이었는데 이런 일이 왜 일어난 걸까. 행운이 그렇듯, 불행도 누구에게나 손안에 뚝 떨어지는 우연의 결과였다. 노력의 결실이나 악행의 대가와는 상관없는 시간과 우연이 만들어낸 결과. 내가 이렇게 잠시나마 특별한 모습이 된 것은 평범함이라는 보편적 행복을 다시금 깨닫게 해준 사건이 아니었을까.

나는 수술 전날 밤, 며칠 전부터 입원한 4인실 침대에서 조용히 일어났다. 침대 옆 간이침대에는 주희가 웅크린 채 곤히 잠들어 있었다. 나는 그녀의 가녀린 어깨에 흘러내린 담요를 더 올려 덮어주었다. 잘 자, 내 사랑. 얼른 나아서 함께 집으로 가자.

나는 신경외과 병동을 조용히 빠져나와 1층 로비로 갔다. 나처럼 잠 못 드는 밤을 천천히 걷는 사람들이 드문드문 보였다. 잠을 못 이루고 칭얼거리는 아픈 아이에게 피로가 잔뜩 묻어나는 얼굴 위에 애써 미소를 띄어주는 젊은 엄마, 일과를 마치고 늦게 찾아온 친구가 사 온 치킨을 먹으며 수다를 떨며 까르르 웃는 10대 소년 환자, 까치집이 지어진 머리를 한 채 슬리퍼를 끌고 바쁜 걸음을 재촉하는 의사 그리고 그 뒤에서 피로를 눈가에 대롱대롱 달고 그를 따라가는 간호사, 로비에 켜진 큰 TV를 멍하니 보며 앉아있는 할아버지 환자……

이곳을 채우고 있는 모든 사람들은 결코 큰 죄를 저지른 대가로 아픔을 견디고 있는 것은 아닐 것이었다. 이렇게 아프고 나면, 이렇게 또 버티고 이겨내면 저 문 너머 또 다른 세상이 우리를 기다리겠지. 저 문을 열면 건강하고 재미있고 눈부신 삶이 다시 우리를 포근하게 안아주겠지. 그런 기대 하나만으로 이 시간을 견디고 있을 것이다.

나는 수액 걸이를 끌고 깊은 밤 조용해진 병원 로비를 천천히 걸었다.

얼마나 걸었을까. 병원 복도 한쪽에 붙은 큰 거울 앞에 나는 발걸음을 멈춰 섰다.

거울 안에는 머리에 흰색 비니를 덮어쓰고 얼굴이 푸석한 한 남자가 수액 걸이를 쥐고 우두커니 서 있었다. 나는 그 모습을 바라보다가 비니를 손으로 쥐고 그것을 벗었다.

눈이 부신 날

거울에 비친, 모자를 벗고 드러난 내 정수리에는 우뚝 솟은 뿔이 나 있었다. 영락없는 도깨비였다. 그동안 나는 이 뿔을 감추기 위해 얼마나 이 모습에서 도망친 걸까. 도망친다고 해서 벗어날 수 있는 것도 아닌데. 아무리 달아나봤자 나는 나인데. 나는 거울에 비친 그 기묘한 내 모습을 가만히 응시했다. 도깨비 같은 나의 모습도 이제 내일이면 꿈처럼 사라질 테지. 나는 거울에 비친 나를 물끄러미 바라보다가 휴대폰을 켜고 그 모습을 휴대폰 카메라로 찍었다.

휴대폰 사진 속에는 나를 닮은 도깨비가 싱긋, 웃고 있었다.

수술 후, 내 정수리 위로 솟아난 뿔은 말끔하게 사라졌다.

뿔 제거 수술을 하고 나서 머리에 친친 감았던 붕대를 풀고 처음으로 거울에 비친 내 모습을 봤을 때, 내가 기억하는 기이한 내 모습은 찾아볼 수 없었다. 뿔이 나기 전 평범하기 그지없는 내 모습이었다. 시원하면서도 왠지 모르게 섭섭해지는 기분이었다. 하지만 그런 뿔을 머리에 달고 계속 산다는 건 상상만으로도 끔찍한 일이었다. 보통의 삶으로 돌아가자. 평범함이 축복이고 그것이야말로 특별함이라는 건 자신이 이상해져 본 사람만이 느낄 수 있는 깨달음이었다.

말끔하게 제거된 혹이 재발할 가능성은 없지만, 혹시 머리에 또다시 이상이 느껴지면 언제라도 찾아오셔야 합니다. 퇴원하던 날 아침, 심 교수는 내게 몇 번이고 당부했다.

퇴원 준비를 마치고 집으로 가기 위해 병원을 나섰다.

문득 올려다본 맑은 하늘 곁에는 높게 솟은 아파트와 빌딩들이 즐비했다. 나는 주희와 함께 우리 차를 세워둔 주차장에 발걸음을 향했다. 나는 길을 걷다가 다시 고갤 들어 하늘을 올려다봤다. 그곳에, 뿔 달린 새하얀 유니콘이 날아오르고 있었다.

"어, 저기."

나는 하늘을 향해 손가락을 치켜들었지만, 주희가 하늘을 봤을 때 그것은 이미 사라지고 없었다. 하지만 그것은 유니콘이 맞았다. 그것도 정말 신비하고 예쁜 유니콘.

나는 집으로 가는 차에 타고 차창 밖을 내다봤다.

내가 본 유니콘은 이제 더 이상 보이지 않았다. 나는 뿔이 사라진 내 정수리를 손으로 만져봤다.

뿔이 나 있던 그곳은 단단하게 아물어 있었다.

눈이 부신 날

아티스트

1년여의 취업준비 끝에 겨우 붙은 곳이에요.

나의 가족과 친구들은 다 알죠. 대학교 때까지의 내가 어떻게 살았는지.

저요?

제 입으로 말하긴 쑥스럽지만, 학창 시절 저는 공부를 무척 잘했어요. 시험을 치면 성적이 전교 30등 안에는 항상 들어가고, 여러 경시대회에서 상도 많이 받았고, 반장도 도맡아 했어요. 사실 공부 말고는 딱히 내세울 만한 특기가 없었어요. 외모가 눈에 띄게 아름답다거나, 말을 유려하게 잘한다거나, 붙임성이 좋다거나 체력이 좋거나 하는 장점도 없었어요. 남동생이 하나 있는데, 동생은 어릴 적부터 사고를 많이 치고 다녔어요. 그러다 보니 제가 장녀 노릇을 제대로 해야겠다는 생각을 한 거죠. 내가 잘하는 건 공부뿐이었으니, 그것을 열심히 해야겠다고 다짐했어요. 그런 말도 있잖아요. 인생을 사는 데에는 딱 한 가지만 잘하면 된다고.

그런데 말이죠. 서울에 있는 중위권 대학 출신과 지방의 상위권 대학 출신이 또 그렇게 차이가 나는 줄은, 대학 졸업 후 취업 전쟁에 뛰어들고서야 깨닫게 되었습니다. 이럴 줄 알았으면 힘들더라도 일찍이 독립해 자취하면서 서울에 있는 중위권 대학이라도 다닐 걸. 뒤늦게 후회도 많이 했어요.

대학 졸업 후 취업 전쟁에 뛰어들고 거의 1년이 지났을 무렵인 어느 주말, 한 회사에서 연락이 왔습니다. 내가 자기소개서를 접수하고 면접을 본 수많은 회사 중 한 곳이었어요. 회사 면접에 합격했으니 다음 주부터 출근하라고.

지금 제가 다니고 있는 제약 회사는 이름만 들어도 누구나 아아, 하고 고개를 끄덕이며 알 수 있는 유명한 기업은 아니에요. 그보다는 약에 대해서 조금 깊게 아는 사람만 아는, 간판 없는 맛집 같은 곳이에요. 제약 회사를 맛집에 비유하는 게 적절한지는 잘 모르겠네요.

회사에 처음 출근하던 날, 저는 회사 건물 4층에 있는 마케팅 팀 사무실로 향했습니다.

저희 팀 동료분들은 참 좋은 분들이에요. 첫 출근을 하기 전까지는 설렘과 함께 두려움도 느껴졌어요. 직장에서 일이 힘들면 어떡하지. 일이 힘들어 내가 못 버티면 어쩌지. 눈엣가시로 낙인 찍혀 날 괴롭히는 사람이 생기면 어떡하지, 그런 걱정들. 괜한 걱정이었죠. 동료분들은 모두 친절하고 다정하세요. 저에게 밥도 잘 사주시고, 비싼 커피도 사주시고, 이제 사회생활 시작하는데 몸 상하면 안 된다며 건강보조제도 챙겨주시고.

그중에서 나와 친해진 동료가 있어요.

나보다 두 살 많은 박윤주라는 언니. 입사 때부터 지금까지 업무에 대해서 많은 부분 도움을 주었던 고마운 사람. 회사에서는 주임님이라 부르지만, 평소에는 그냥 언니라고 하면서 저도 유연하게 호칭을 바꾸며 친하게 지내고 있어요. 취업 후 독립해 살고 있는 집도 언니 집이랑 가까워서 퇴근 후에도 윤주 언니와 함께 지내는 시간이 많아요.

윤주 언니도 제약 회사에 다니던 초기에 업무에 대해 나처럼 스트레스를 많이 받았다고 했어요. 계약 건으로 병원 미팅을 갈 때마다 어김없이 밤늦게까지 이어지는 술자리가 너무 힘들어 차라리 퇴사를 할까 고민한 적도 수없이 많았다고 해요. 언니는, 지금은 그런 일이 생기면 자기 나름의 방식대로 대처하는 법도 만들었다고 했어요. 만약 제가 그런 일을 연이어 겪었다면 버티기 힘들었을 거에요.

직장에서 받은 스트레스로 내가 힘들어할 때마다 윤주 언니는 나 스스로를 위한 취미활동을 즐기며 스트레스를 푸는 것이 좋을 거라고 이야기했어요.

"선아는 취미가 뭐야?"

"취미? 나는…… 취미가 딱히 없는데요."

"쉴 때 하는 것 있을 거잖아. 마냥 쉬진 않을 텐데. 정말 없어?"

"그냥 TV 보고, SNS 하고 그게 다예요."

윤주 언니는 물끄러미 나를 바라봤습니다.

"선아야, 너 그렇게 취미 하나 없이 버티면 당장 지금은 괜찮을지 몰라도 계속 그렇게 살면 일 오래 못해. 스트레스 푸는 게 직장인들한테 얼마나 중요한지 아니?"

윤주 언니는 내게 취미를 가지라고 다시 한번 당부했어요. 맞아요, 취미가 없다니. 이 나이가 되도록 그 흔한 취미 하나 없는 나 자신이 한심하기도 했어요. 하지만 저는 좀 막막했어요. 취미라니. 여태껏 공부에 매달려 살아오느라 취미는커녕 자신이 어떤 취향을 가졌는지도 모르고 살아왔던 나로서는 취미를 갖는 것이 막연하고 의미 없는 행동 같았어요.

"언니, 저는 내가 뭘 좋아하는지 모르겠어요."

"안 해봐서 모르는 거야. 언니가 도와줄게."

그렇게, 나는 윤주 언니와 함께 나만의 취미를 찾는 여정에 발걸음을 디뎠습니다.

윤주 언니는 취미가 무척 많았어요. 수영, 자전거, 스쿠버 다이빙, 여행, 사진 촬영, 낚시, 독서 등등……. 그때서야 윤주 언니가 많은 업무량에도 그렇게 항상 활기찬 모습을 보였는지 알 것 같았어요. 윤주 언니는 일에서 받은 스트레스를, 다양한 취미활동으로 건강하게 해소하고 있었던 거죠. 취미를 찾기 위해 나는 윤주 언니를 따라 아침에 일찍 일어나 운동도 해보고, 이곳저곳으로 여행도 가보고, 여러 군데 다니며 체험을 해봤지만 여태껏 별다른 취향이라곤 없이 살아온 내가 만족할 수 있는 취미를 찾는 것은 그리 쉬운 일이 아니었습니다.

그러던 어느 주말, 나는 윤주 언니와 함께 어느 전시회에 갔어요.

사진전인 줄 알았는데, 그림전이었던 그 전시회는 한 컨벤션 센터의 2층에서 열리고 있었어요.

"선아야, 그림 전시회 온 적 있어?"

"박물관은 많이 가봤는데 그림 전시회 와본 적은 한 번도 없어요."

"그렇구나. 내가 좋아하는 작가님 전시회야. 보고 나면 아마 너도 좋아하게 될 거야."

나는 두근두근 설레는 마음으로 윤주 언니와 함께 전시장으로 들어섰습니다.

저는 처음 만나는 작품들이었지만 꽤 유명한 작가의 전시회였던지라 관객들이 적지 않았어요. 전시회장에는 벽마다 멋진 그림들이 걸려 있었고, 공간마다 그 작가님의 작품이 근사하게 큐레이팅 되어 있었죠.

모두 일반적인 기법으로 그린 그림들은 아닌 것 같았어요. 빛이 부서지고 흩어져서 작품 설명을 읽기 전에는 어떤 피사체인지 알 수 없는 작품들. 설명에 의하면, 작가는 작품을 통해 현대인들의 시각적 모호함으로 인해 메시지의 의도가 정확하게 읽히지 못하는 점을 이야기하고 싶었다고 했어요. 예를 들어, 어느 시상식에서 상을 받은 배우가 짓는 아름다운 미소가 어떤 사진에서는 수상에 대해 감사하고 감격스럽다는 이미지로 읽히는 반면, 또 어떤 사진에서는 건방진 우월감에 젖어있는 이미지로 읽히는 것처럼요.

나는 전시회장을 천천히 걸으며 그림들을 구경했습니다. 어딘가로 빠른 속도로 달리면서 급히 카메라 셔터를 누르며 찍은 듯,

잘못 나온 사진 같은 그림들. 그러다가 문득, 어느 그림 작품 앞에 나는 발걸음을 멈춰섰습니다.

골목 안 어둠 사이로 빛이 새어 들어오고, 그 빛에 우뚝 서 있는 사람을 그린 그림. 그림 속 피사체의 머리가 제법 길어서 얼핏 봤을 때는 여자인 줄 알았는데, 자세히 살펴보니 남자였어요. 그림 속은 온통 빛과 그림자 뿐이라 흑백사진처럼 보였습니다. 웅장한 소리와 함께 영화 속 주인공이 등장하는 장면처럼 인상 깊은 그림이었어요.

"뭘 그렇게 오랫동안 보고 있어?"

"언니, 이 그림 너무 멋지지 않아요?"

"음, 그런가. 난 잘 모르겠는데. 제목이 뭐야?"

"'아티스트'라는 작품이에요. 그런데 어떤 분야의 예술가일까요?"

"아티스트라면, 미술이나 음악이겠지. 이것 말고 다른 작품들도 많아. 다른 것 보러 가자."

윤주 언니는 아무래도 그 작품에 별 감흥을 못 느낀 것인지 발걸음을 재촉했고 나는 왠지 모르게 떨어지지 않는 발걸음을 옮기며 전시회장의 다른 그림들을 찬찬히 둘러봤습니다.

두 시간여의 전시회 감상을 마치고 우리는 마지막으로 기념품 코너로 향했습니다. 그곳에서는 작가님의 그림들을 활용해 만들어진 텀블러, 수건, 액자, 머그컵, 티셔츠 등 다양한 종류의 굿즈들을 판매하고 있었어요. 그리고 나는 그곳에서 아까 눈여겨봤던 '아티스트'라는 작품이 프린트된 아크릴 액자를 발견했어요.

"이것, 아까 네가 마음에 들어 했던 작품 아니야?"

"맞아요. 굿즈도 정말 멋지다."

나는 벽에 걸어두기 딱 적당한 크기의 그 액자를 손으로 조심스레 집어 들었습니다. 많이 비싸면 어쩌나 걱정했는데, 다행히 그리 부담스럽지 않은 가격이었어요. 언니는 자신이 고른 머그컵과 함께 그 액자도 사주겠다고 했어요. 나는 언니와 함께 계산대에서 값을 치르고 그 액자를 소중하게 품에 안고 전시회장을 나섰습니다.

전시회도 보여주고 액자도 사준 윤주 언니가 고마워서 커피는 내가 사기로 했어요. 그날의 아메리카노와 치즈케이크는 어느 때보다 달콤하고 맛있었어요. 그림 전시회 관람은 저에게도 무척 흥미롭고 재미있는 일이었어요. 윤주 언니는 전시회 보는 내내 행복해하는 내 모습이 보기 좋았다며, 이제야 너의 취미를 찾은 것 같다고 말했죠. 저는 흐뭇한 미소를 지었어요. 드디어, 내게도 취미가 생긴 거니까요.

그날, 윤주 언니와 커피를 마시고 헤어져 집에 돌아온 저는 그 액자를 어디에 놓으면 좋을까, 고민했어요. 침대 머리맡에 걸으려 하다가, 자는 동안에 액자가 떨어져서 다치면 어쩌나 염려되어 침대 옆 소파와 맞닿아 있는 벽에 걸어두면 좋을 것 같아 그곳에 걸어두기로 했어요. 지금 살고 있는 집은 셋방이니 벽에 함부로 못을 칠 수 없어 벽지에 꽂는 핀을 이용해 액자를 걸어두었어요.

내가 사는 집은 방 하나와 주방 겸 거실이 있는 집이에요. 그렇다고 일반적으로 상상하는 널찍한 거실은 아니고, 거실이라기보다는 주방과 화장실과 현관이 있는 좁은 공간이라 하면 예상이 가능하겠죠. 아무튼 그 공간과 방이 있는 집이에요. 그 공간과 방 사이에는 미닫이문이 있는데, 저는 낮에는 그 문을 열어두었다가 밤이 되면 문을 닫고 방에서만 생활을 해요.

그 액자를 침대 맞은편 벽에 걸어두고 잔 다음 날, 나는 달그락거리는 소리에 스르륵 눈을 떴습니다. 혼자 사는 집에 달그락거리는 소리는 분명 낯선 감각이었습니다. 창문 쪽으로 뉘인 몸을 돌린 순간, 닫힌 미닫이문 너머 누군가의 검은 실루엣이 보였어요. 그 순간, 나는 너무나 화들짝 놀라 터져 나오려는 날 선 비명을 급히 손으로 틀어막았습니다. 뉴스에서 나오는 흉악범의

범죄 사건 이야기처럼 범인이 절도나 성추행과 같은 범죄를 행하는 도중 피해자가 소리를 지르거나 난동을 피워 범인의 심기를 자극해 우발적으로 도리어 더 큰 범죄를 저지르는 경우를 많이 봐왔으니까요.

그렇다면 어떡하지……. 나는 휴대폰으로 경찰서에 신고를 해야 하나, 서랍에 둔 호신용 스프레이를 꺼내 저 수상한 사람과 맞서 싸워야 하나. 나는 미닫이문 너머 그 사람이 눈치채지 못하도록 잠든 척 베개에 얼굴을 파묻고 오래 고민하다가, 이내 결심을 하고 신고부터 하기로 했습니다.

나는 이불을 머리끝까지 뒤집어쓰고 조심스럽게 팔을 뻗어 침대 옆 서랍장 위 휴대폰을 집어 휴대폰 전원을 켰습니다. 전원을 켤 때 소리가 크게 날까 봐 조마조마하면서. 그때, 별안간 시야가 환하게 밝아졌어요.

"선아 씨, 일어났어요? 얼른 아침 먹어요."

내가 덮어쓴 이불을 걷어내고 눈부신 햇살과 함께 웃고 있는 낯선 얼굴이 보였어요. 그 순간, 나는 너무 놀라 이성적으로 참을 수도 없이 비명을 질렀습니다. 뒷모습으로만 봤을 때 머리가 길어서 여자인가 싶었는데, 그 사람은 영락없는 남자였어요.

"아악! 당신 누구야! 여기 어떻게 들어온 거야!"

"잠깐만, 선아 씨. 진정하고 내 이야기 좀 들어봐요."

그 사람은 들춘 내 이불을 한 손으로 말아 쥐고는 항복하듯 두 손을 들고 당황한 표정으로 굳은 채 서 있었고, 나는 목이 늘어난 티셔츠와 헐렁한 추리닝 바지 차림으로 호신용 스프레이를 두손으로 든 채 그와 대치하듯 마주 서 있었습니다. 조금이라도 수틀리면 스프레이를 뿌려 공격할 태세로.

솔직히, 그 남자는 좀 멋있었어요. 뭐랄까, 외국에서 자란 한국 남자 스타일이라고나 할까요. 전체적으로 동양적인 이미지인데 몸짓이나 체격에서 풍겨 나오는 서양적인 분위기가 어우러진 사람. 검은 티셔츠와 검은 바지로 가려 있었지만, 그의 몸이 근육으로 다져진 것이 느껴졌어요. 옷과 같은 색깔의 머리칼과 눈동자는 높은 콧대와 도톰한 입술과 잘 어울렸어요. 한 마디로, 섹시했어요. 속도 없이.

키가 큰 그 남자가 내게 한 걸음 성큼 다가와서 나도 모르게 눈을 꾹, 감아버렸어요. 그도 그럴 것이, 내 집은 평수가 작아서 그 사람이 한 걸음만 성큼 다가와도 거리가 확 좁아져 무척 위협적이기 때문이었죠.

"나는, 저 액자 속에 있던 남자예요. 어제 당신이 그림 전시회에서 사 왔던 액자."

나는 꾹 감고 있던 눈을 그때서야 떴습니다. 긴 머리의 남자는 손가락으로 침대 맞은편 벽에 걸린 액자를 가리키고 있었어요.

맞아요, 내가 전시회에서 사 온 그 그림. 아티스트.

나는 손으로 눈을 비비고 긴 머리의 남자를 다시 바라봤습니다. 남자는 어색함을 미처 떨치지 못한 떨떠름한 표정으로 나를 물끄러미 쳐다보다가, 이내 고개를 돌려 내 집을 휘이 둘러봤습니다. 나는 용기를 내어 그에게 입을 열었어요.

"이름이 뭐에요?"

"저는 벤이예요. 미국인이고요."

"어떤 분야의 아티스트예요?"

"아티스트라뇨?"

"당신을 그린 그림 제목이 '아티스트'잖아요. 예술가."

"아하, 제목 말이군요."

자기 이름을 벤이라고 밝힌 그는 환하게 웃었어요. 그 미소가 어찌나 매력적이었던지, 나는 그 순간 하마터면 내게 지금 일어난 황당한 사건도 잊어버리고 그만 벤을 따라 웃어버릴 뻔했어요. 나는 눈치 없이 실실 새어 나오려는 웃음을 겨우 꾹 눌러 참고 벤을 빤히 바라봤고, 그가 내게 말했습니다.

"나는 작가님을 거리에서 만났어요. 목요일 아침, 출근길이었죠."

"출근길?"

"나는 아티스트가 아니라, 공장 직원이에요."

"공장이요?"

"네, 원목 가구 공장이요."

"그런데 여기, 이 작품 제목은 '아티스트'잖아요."

벤은 고개를 조금 숙여 풋, 하고 웃었습니다. 그가 우리 집에 나타난 그날은 토요일이었어요. 우리 회사는 주5일 근무제를 시행하고 있었고 그 말인즉슨, 그날은 출근할 필요가 없는 날이라는 의미였습니다.

"작가님이 내게 다가와, 당신의 사진을 찍어도 되겠냐고 물었죠. 저 멀리서 내가 바람과 함께 걸어오는 모습이 그저 고단한 삶에 지친 노동자가 아닌, 자유로운 영혼을 가진 예술가처럼 보였다고. 작가님은 자신을 화가라고 소개하면서 사진을 그리는 작업을 한다고 했어요. 거리에서 빠른 손놀림으로 드로잉 기법으로 쓱쓱 그려도 되지만, 자신이 원하는 그림은 사진을 고스란히 담아낸 그림이라고 했어요. 그날 그 순간의 빛과 바람과 기분과 습도를 모두 담은 그림."

"그렇다면, 당신은 자신을 그린 이 '아티스트'라는 제목의 그림을 본 적이 있나요?"

"그럼요. 작가님이 이 그림을 액자에 끼워 우리 집으로 부쳐 주었으니까요. 그리고 내게, 자신의 전시회에도 꼭 와주었으면 좋겠다고 덧붙였어요. 전시기간 동안 자주 가고 싶었는데, 뉴욕에서 열린 전시회를 조지아에 사는 내가 여러 번 가는 것은 아무래도 좀 힘들었죠. 그래도 공장에 출근하지 않는 주말에 기차를 타고 무리해서 두 번이나 갔어요. 무척 근사하더군요. 그림 앞에서 한참을 서 있었어요."

"맞아요. 저도 전시회의 작품들 중에서 '아티스트'라는 그림 작품이 제일 멋있었어요."

미술전에 자신을 모델로 그린 그림이 전시되는 기분은 어떨까요. 자신이 그려진 그림이 큰 화폭에 담겨 전시장의 한 공간을 멋지게 채우고, 그 그림을 많은 사람들이 감상하는 모습을 볼 때 어떤 기분이 들까요. 물론 모델의 동의를 얻고 그려진 그림이기에 윤리적으로 문제가 있는 건 아니겠지만, 그 작품이 많은 사람들에게 공개되는 일이 만약 나에게 일어난다면 아무리 내게 동의를 구했어도 부끄럽고 당혹스러울 것 같았어요.

궁금했어요. 벤은 정말 괜찮은 건지. 자신을 모델로 그린 작품이 전시회에 전시되어 수많은 사람들이 그 그림을 감상하는 일이, 정말로 아무렇지도 않은 건지.

"벤, 혹시 부끄럽진 않았나요? 나를 모델로 그린 그림이 전시되는 게 말이에요."

벤은 어깨를 으쓱, 올렸다 내리며 고개를 저었어요. 벤의 탐스러운 흑갈색 머리칼이 찰랑찰랑 흔들렸습니다.

"부끄러웠기는, 전혀요. 오히려 즐겁고 특별한 사건이었던 걸요. 마치 유명한 월드 스타가 된 것만 같은 황홀한 기분이 드는 경험이었어요. 어떤 그림이 그려졌건, 자기 그림의 모델이 되어주겠냐는 작가님의 제안을 승낙한 사람은 나 자신이고 나를 그린 그림이 이렇게 근사하고 멋있게 완성되었기에 저는 오히려 작가님에게 감사해요."

나는 그날 아침 출근길을 나서는 벤의 특별함을 알아차리고 벤에게 모델을 제안한 작가보다, 바쁜 출근길에 느닷없이 모델 제안을 받고 또 그것을 쿨하게 응해준 그의 마인드에 더 큰 감동을 받았어요.

작가가 이 작품에 '아티스트'라는 제목을 붙인 것도 어쩌면 그런 생각이지 않았을까요. 특정한 직업이나 기술이 있기에 아티스트가 아니라, 공장에서 일하고 음식 배달을 하고 청소 일을 하는 힘든 노동을 하더라도 자신을 그린 그림이 지구를 돌아다니며 전시되는 일을 인생의 자랑스럽고 특별한 사건이라고 생각할 수 있는 사람. 벤과 같은 쿨하고 긍정적인 마인드를 가진 사람이 이 시대의 진정한 아티스트라고.

문득, 내 뱃속에서 우렁찬 소리가 울렸어요. 허기가 졌습니다.

회사에 출근하는 날에도 집에서 우유 한 잔이라도 마시거나 편의점에 들러 삼각김밥을 사 먹는 등 아침을 꼭 챙겨 먹는 것이 하루의 중요한 일과인 내게는 그때가 바로 뭔가를 먹어야 할 때였습니다. 벤은 그림이니까, 밥도 안 먹는 건 아닐까. 하지만 그렇다고 해서 벤을 집에 덩그러니 두고 쌩하니 혼자 밖을 나설 순 없었어요.

"벤, 우리 밥 먹으러 가요."

"선아 씨, 배고파요? 식사라면 내가 여기서 챙겨줄 수 있어요."

그는 주방으로 발걸음을 옮겨 조그만 냉장고 문을 벌컥 열었지만 그 속에는 먹다 남은 큰 팩의 우유, 달걀 두 개, 엄마가 보내준 김치와 반찬가게에서 사 온 멸치볶음이 든 반찬통이 전부였습니다.

벤은 머쓱한 듯 고개를 갸우뚱 기울이며 어깨를 으쓱, 올렸다 내렸어요. 거봐, 내가 밥 먹으러 나가자니까. 나는 간단히 채비를 한 후, 화장대 위에 놓인 지갑을 챙겨 벤과 함께 집 밖으로 나섰습니다.

집을 나와서 벤과 함께 간 곳은 집 앞 큰 골목에 있는 순댓국 전문점이었어요. 외국인인 벤의 식성을 고려해 스크램블에그나

프렌치토스트 같은 브런치를 먹을 수도 있지만, 그런 비싼 메뉴를 오늘 처음 만난 외국인에게 덜컥 사주기에는 좀 아까웠기에 든든하게 먹고 싶을 때 들르는 그 식당에 간 거였죠.

종업원은 주문받은 대로 뜨끈한 김이 올라오는 순대국밥 두 그릇과 콩조림과 깍두기와 겉절이김치 따위의 밑반찬을 가져다 우리 테이블 위에 정갈하게 차려주었습니다.

"우와! 매일 아침 이런 걸 먹는 거예요?"

"매일 먹는 건 아니에요. 평소에는 이것보다 간단히 먹고 나가요."

"그럼, 나 때문에……."

그 순간, 식탁에 마주 앉은 벤이 감격스러운 표정을 지으며 울먹거리는 바람에 나는 좀 당황했어요. 울지 마, 벤. 네가 울면 내가 무슨 실수라도 저지른 것 같단 말이야. 순진한 외국 남자를 꼬셔서 밤새 같이 즐기며 놀다가 식사는 레스토랑도, 호텔 뷔페도 아닌 흔하디흔한 순댓국 사주는 나쁜 한국 여자처럼 보인다고.

저는 눈물을 글썽이는 벤에게 손을 휘저으며 말했습니다.

"이것, 그렇게 비싼 것 아니에요. 부담 갖지 말고 편하게 드세요."

내가 먹으라고 권했지만, 정작 벤은 숟가락을 들고 뜨거운 김이 모락모락 올라오는 희멀건 순대국밥을 멀뚱멀뚱 쳐다만 볼 뿐 쉽사리 먹질 못했어요. 그랬죠. 벤은 외국인이니까, 순댓국 먹는 방법을 몰랐던 거예요. 그때서야 나는 벤의 순대국밥 그릇을 가져다가 그 안에 부추, 들깨, 다진 양념을 넣어 벤에게 다시 건네주었습니다. 희멀겋던 색깔에서 주황색으로 물든 국물과 나를 번갈아 보던 벤이 미처 의심을 거두지 못한 표정으로 국물을 조심스럽게 떠먹었습니다.

첫술을 뜨고 고개를 갸우뚱하던 벤이 다시 한번, 또 한번, 또 다시 한번 국물을 떠먹었고 그는 내가 국물에 밥을 말아 먹는 모습을 보고 그대로 따라서 자신의 공깃밥을 순댓국에 말았습니다. 그리고 그것을 또다시 후루룩, 후루룩 떠먹었어요.

"벤, 맛이 어때요?"

"정말 맛있어요!"

"맛있다니, 나도 좋네요."

벤이 고개를 숙여 순댓국을 먹는데, 그의 긴 머리칼이 자꾸만 흘러내려 연신 머리를 쓸어올리는 모습이 보였어요. 불편할 텐데, 머리를 묶을 만한 것이 없을까. 하지만 내 헤어스타일은 묶을 필요가 없는 짧은 단발머리였고 머리끈도 없었어요.

벤은 순댓국 한 그릇을 뚝딱 해치우고는 양손으로 들고 한 모금까지 깨끗이 비운 그릇을 식탁에 탁, 내려놓으며 감탄을 뱉었어요.

"맛있다! 진짜 좋아요."

"다행이네요. 벤이 좋아해줘서."

벤의 그릇이 비워지는 속도에 맞춰 내 순대국밥 그릇도 바닥을 보이고 있었어요. 나는 물로 입 안을 충분히 헹군 뒤, 카운터에서 계산을 했어요. 카운터에 서서 가격을 계산하던 사장이 영락없는 외국인으로 보이는 벤에게 친절하게 미소를 지으며 말을 건넸어요.

"손님, 순댓국 맛있게 드셨어요?"

"너무 맛있었어요. 국물이 진하고 소스도 독특했어요."

"감사합니다. 외국 분이 잘 드시니 저도 참 좋습니다."

머리를 보글보글 볶은 그녀는 우리에게 사람 좋은 미소를 지어 보이며 증정용 레몬사탕을 건넸어요. 벤은 사장에게 레몬사탕을 받으며, 이것은 얼마냐고 물었고 사장과 나는 동시에 웃었어요. 벤, 한국의 식당에는 사탕이 공짜란다. 마음껏 먹으렴.

벤과 함께 식당을 나서는데 우리의 머리 위로 눈부신 아침 햇살이 와르르 쏟아졌습니다.

"선아 씨, 이제 뭐 해요?"

"저는 밥 먹고 나면 커피를 마셔요. 저뿐만 아니라 그렇게 식사 후 커피를 마시는 한국인들이 많아요. 벤의 나라에서는 그런 것 없나요? 식후에 커피 마시는 시간."

"커피를 식후에 마시는 것? 없어요. 보통 커피는 아침에 잠 깨려고 마시죠."

"그럼 우리, 커피 마시러 갈래요? 한국식으로."

벤은 내 제안에 흔쾌히 고개를 끄덕이며 미소를 지었어요. 햇살에 비친 벤은 눈부시고 멋있었습니다. 나는 최대한 자연스럽게 벤의 굵직한 팔뚝에 팔을 둘렀고 우리는 근처에 있는 스타벅스 매장으로 발걸음을 향했어요.

스타벅스 매장으로 향하는 길에 조그만 액세서리 가게가 보였어요. 나는 그 가게 앞 좌판에서 500원짜리 초록색 머리끈을 사서 벤에게 쓰윽, 건네줬어요.

"머리, 묶어요."

"머리?"

"아까 밥 먹는데 불편해 보여서."

"고마워요. 사실, 이게 필요했어요."

벤은 내가 건넨 머리끈으로 긴 머리를 묶고는 내게 씩, 웃었어요. 나는 그때서야 미소를 지었습니다.

스타벅스 매장에 들러 우리는 메뉴를 골랐어요. 벤은 에스프레소 라테, 나는 아이스 바닐라 라테. 벤도 커피를 즐겨 마시는만큼 스타벅스 멤버십 카드가 있었지만 그것은 미국에서만 사용

할 수 있는 카드였고, 안타깝게도 한국에서는 쓸 수 없는 것이었어요. 벤은 그것을 무척 아쉬워했어요.

"괜찮아요. 벤도 일부러 여기 오고 싶어서 온 게 아니잖아요."

"커피만큼은 내가 사주고 싶었다고요. 선아 씨가 내게 맛있는 밥도 사줬는데."

투정 부리는 벤은 정말 귀여웠어요. 나는 정말 괜찮다고, 웃으며 그의 굵직하고 건강한 팔뚝을 장난스레 두드렸어요. 가구 공장에서 일하는 벤의 팔은 굉장히 튼튼했습니다. 그날, 느닷없이 액자에서 튀어나온 이상하고 아름다운 그 남자를 곁에 두고 있는 기분이 웬일인지 나쁘지만은 않았어요.


우리는 커피를 마시고 근처에 있는 영화관으로 갔습니다.

심심하기 짝이 없던 내 일상에 뜬금없이 등장한 외국인과 어떻게 시간을 보내야 할까, 고민한 끝에 내린 결정이었어요. 영화관에 들어선 우리는 한국 액션 코미디 영화를 골랐어요.

스낵코너에서 팝콘과 콜라 두 잔과 버터구이 오징어를 샀어요. 벤의 놀란 두 눈은 '영화 보면서 이걸 다 먹겠다고?'라고 묻고 있었지만, 나는 그저 해맑게 웃었어요.

"영화 보면서 먹는 간식으로 팝콘과 콜라는 알겠는데, 오징어는 뭐예요?"

"한국 극장에서는 팝콘, 콜라 말고도 오징어도 팔아요. 이걸 먹으면서 영화를 보는 거죠. 벤, 또 뭐 먹고 싶은 것 있어요?"

벤은 메뉴판을 바라보다가 수줍게 한 손가락으로 한곳을 가리켰어요. 나는 벤의 바람대로 칠리치즈 핫도그 한 개를 더 샀습니다.

우리가 함께 본 영화는 무척 재미있었어요. 공항에서 조폭의 가방과 자신의 가방이 바뀌는 바람에 졸지에 조폭과 경찰에게 쫓기는 도망자 신세가 되어버린 한 남자의 이야기. 벤도 영화를 보면서 연신 웃음을 터뜨렸고, 그의 웃음소리를 듣는 나도 잠시 행복해졌습니다.

극장에서 즐거운 시간을 보낸 우리는 함께 집으로 돌아왔어요. 우리는 아까 함께 본 영화 이야기를 하면서 다시 한번 웃음을 시원하게 터뜨렸어요. 나는 침대 머리맡의 베개에 몸을 편안히 기댔고, 벤은 바닥에 오도카니 앉았습니다.

"선아 씨는 남자친구 없어요?"

"네, 지금은. 그동안 취업하느라 바빴거든요."

"주말이면 이렇게 쉬는 거예요?"

"네. 혼자 밥 먹고, 커피 마시고, 팝콘 먹으면서 영화 보고. 내 주말은 이게 전부예요."

"당신도 가족이 있잖아요."

눈이 부신 날

"하지만 주말마다 갈 수가 없어요. 가족들은 서울이 아니라 제천에 있거든요."

"그곳은 여기서 많이 멀어요?"

"버스로 가면 세 시간, 기차로는 두 시간. 주말에 집 다녀오면 월요일에 출근할 때 너무 지쳐 자주 못 가요."

"힘들겠네요, 선아 씨."

벤이 내 얼굴을 물끄러미 바라보며 읊조렸고, 내 지친 마음을 보드랍게 어루만지는 벤의 다정스러운 눈빛을 받으며 나는 온몸이 편안하게 나른해지는 것을 느꼈습니다.

"벤, 오늘 정말 고마워요."

"뭐가요?"

"아무렇지도 않은 나의 평범한 일상에 이렇게 특별한 사건을 저질러줘서. 혼자서만 즐기던 심심한 휴식을 함께해줘서."

"나도, 고마웠어요. 오늘을 잊지 못할 거에요. 거대한 나라의 하찮은 노동자인 내게도 선아 씨와 함께한 오늘은 특별한 선물이었어요."

벤은 편안한 미소를 지었습니다. 그 친구를 바라보는 내 마음도 편안하게 내려앉았어요. 나는 무거워진 눈꺼풀을 천천히, 천천히 깜빡이며 흐릿해져만 가는 벤의 얼굴을 내 머릿속에 1초라도 더 담기 위해 애썼습니다.

시간이 얼마나 흘렀을까요.

다시 눈을 떴을 때, 벤은 사라지고 없었어요. 벤이 기대어 있던 그 자리에는 액자만 덩그러니 걸려 있었습니다. 그림 전시회에서 샀던 그 작품. 아티스트.

오늘 하루를 함께해준 나의 친구, 벤.

고마워요, 나의 아티스트.

나는 벽에 걸린 그 그림을 가만히 바라보다가 미소를 지었습니다.

지금도 나는 가끔씩 그 기묘하고 특별한 하루를 떠올려요.

지금쯤 벤은 그 신비한 하루를 어떻게 기억하고 있을까요. 평범한 출근길에 우연히 어느 작가의 눈에 띄어 캔버스에 자신의 모습이 담긴 경험을 즐겁고 특별한 사건이라 여겼던 것처럼, 그림 속에서 튀어나와 낯선 나라에서 여행한 하루가 좋은 추억이 되어 삶에 지칠 때마다 편안히 기대어 쉴 수 있었으면 좋겠어요.

지금의 내가 그를 그렇게 생각하는 것처럼.

평범한 내게 일어난 마법 같은 하루를 떠올릴 때처럼.

눈이 부신 날

옳고 편안하게

나는 저녁 하늘 노을을 바라보고 있었다.

필리핀까지 와놓고 리조트에만 처박혀 있다니. 친구들이 알면 뭐라고 할까. 나는 발코니에 팔을 기댄 채 한숨을 내쉬었다.

'밥 잘 챙겨 먹어. 나쁜 생각하지 말고.'

나쁜 생각? 내가 무슨 생각을 한다는 거야? 나는 효주가 보낸 휴대폰 문자메시지를 가만히 바라보다가 기분이 언짢아졌다.

이번 추석 연휴는 주말까지 겹쳐서 5일이었다. 나는 추석이 되기 바로 전 주에 부모님 집에 들렀다. 엄마는 먹던 김치찌개를 데우고 달걀프라이를 구워 식탁을 차렸고, 가족들은 식탁에 둘러앉아 저녁을 먹었다.

"성준이는 연락 없니?"

"없어."

식사를 마친 후, 거실 바닥에 앉은 엄마는 배를 깎으며 신경질적으로 테이블의 접시 위에 배 조각을 던지듯 올려두었다.

"큰엄마도, 삼촌도 가은이 내년에는 시집가는 거냐고 물어볼 텐데. 이번에는 또 뭐라고 하니."

나는 아무 말도 하지 않았다. 아빠도 소파 가장자리에 앉아 묵묵히 배를 먹고 있었다. TV에는 일일연속극의 배우들이 다 같이 둘러앉아 이야기를 나누며 김치찌개와 밑반찬을 차려놓고 식사를 하고 있었다.

평범하면서도 왠지 낯선 풍경이었다.


얼마 전, 성준과 헤어졌다.

그는 6년 동안 사귄 내 남자친구였다. 성준은 시원시원하고 호탕한 성격을 가진 덕분에 우리 가족에게도 살갑게 대했다.

그는 우리 가족 모임에도 종종 참석했다. 가족이면 몰라도 친척들에게까지 성준을 보이기가 왠지 부담스러웠던 나는 친척 언니 결혼식이나 조카 돌잔치, 할머니 칠순 잔치에 그가 참석하는 것이 불편했다. 하지만 성준은 마치 이미 나와 결혼이라도 한 것 마냥 모임에 빠지지 않았고, 나의 친척들과 가족들은 결혼 적령기의 우리 두 사람을 예비부부쯤으로 생각했다.

정말 이렇게 우리는 자연스럽게 결혼하게 되는 걸까. 평범하기 그지없는 일상에서 미처 예상치 못했던 시점에 환상적인 프러포즈를 받고 극적으로 하는 결혼은 이제 점점 비현실적인 판타지로 느껴지는 나이였다. 그래, 어쩌면 이렇게 결혼에 천천히 걸어가는 게 더 안정적이고 현실적인 방식일 수도 있어. 나는 우리 가족에게 상냥하게 대하는 성준을 보며, 결혼을 하고 나서도 그가 좋은 남편이자 사위가 되리라 믿어 의심치 않았다.

그날은 여름이 짙어지는 6월이었다.

회사에서 실적이 좋은 직원을 뽑는데, 그중 내가 뽑혔다. 가구 회사 영업을 하며 이번에 제법 규모가 큰 식당의 테이블들을 전체 주문받은 것이 큰 이유였다. 팀장님은 내 어깨를 두드리며 하루 특별휴가를 주겠다고 했다. 고작 하루라니, 상치고는 너무 작은 것 아니냐며 속으로 투덜거렸지만 그래도 그게 어디냐. 남들 다 일하는 주중에 쉴 수 있다는 것은 내게 특별한 이벤트였다.

나는 성준에게 사실을 알리지 않고 다음 날 아침 일찍 그의 집으로 향했다. 그를 놀라게 해주고 싶었다.

그의 집 현관 비밀번호를 누르고 문을 열어 집으로 들어섰을 때 나는 우두커니, 멈춰서 버리고 말았다. 주방 식탁에 마주 앉아 함께 아침을 먹고 있는 성준과 그 여자, 그녀의 젖은 머리칼과 화장기 없는 얼굴 그리고 그가 자주 입는 흰 셔츠만 걸친 채 그 아래 허옇게 드러난 그 여자의 맨다리를.

그 여자는 나도 아는 사람이었다. 나의 고등학교 친구 시현이었다. 최근까지도 나와 지금도 연락을 자주 했던, 셋이서도 만나 여러 번 함께 식사했던 친구. 성준의 집에서는 달큰하고 기분 나쁜 냄새가 남아있었다. 나는 침실로 뛰어가 그의 침대를 확인했다. 침대 위에는 엉킨 이불자락과 끈적한 것이 축축하게 젖은 시트와 지난밤의 덥고 습한 숨소리가 나뒹굴고 있었다.

나는 방으로 따라온 성준의 뺨을 냅다 휘갈겼다. 뒤따라온 시현에게도 마찬가지였다. 너무도 명백한 진실 앞에 그들은 내게 다급하게 뭐라고 설명했지만, 이미 그 소리는 잔뜩 흥분한 내 귀에 들리지 않았다. 구차한 변명 따위 필요 없는 상황이었다.

그날로 나는 그에게 이별을 통보했다. 시현에게도 이제 두 번 다시 마주칠 일 없을 거라고 했다. 그걸로 끝, 이었다.

이별 후, 나는 성준의 절친한 친구 동욱과 희권에게서 그의 이야기를 전해 들었다.

성준은 여자 하나로는 만족을 못 하는 사람이라고. 나 말고 또 여자들이 여럿 있었다고. 성준의 살가운 성격은 그저 타인에게서 자신을 향한 의심을 거두려는 퍼포먼스일 뿐이었다며, 내게 몇 번이나 사실을 이야기하고 싶었지만 그와 만나면서 행복해하는 나를 보며 도저히 그 사실을 고백할 수 없었노라고.

그런 성준이 나를 만나고 꽤 오랜 시간 사귀는 것을 보며, 동욱은 이제 성준도 비로소 정신을 차린 거라고 믿었다고.

나를 두고 다른 여자를 만난 성준도 미웠지만, 그 사실을 다 알면서도 그걸 내게 알려주지 않은 그 친구들도 미웠다. 한 사람 한 사람 미워하는 감정이 늘어나니, 이별의 이유를 잘 알지도 못하면서 위로부터 건네는 따스한 사람들조차 미워졌다.

나는 추석 연휴에 맞춰 필리핀 세부로 향하는 비행기에 몸을 실었다. 추석 연휴에 마주치게 될 친척들도, '추석'이라는 한국 특유의 역사와 문화가 어린 그 시간도 불편하고 막막했다.

이곳에서 한 일은 리조트 방에서 책을 읽고, 거리를 거닐고, 바닷가를 산책하고, 리조트에서 먹고 잠드는 것뿐이었다.

여행을 온 지 사흘째 되는 날, 나는 리조트에서 진행되는 여러 패키지 프로그램 중 스노클링을 하기로 했다. 사람들과 보트를 타고 말라파스쿠아 섬으로 가서 스노클링을 하는 코스였다.

나는 배를 타고 그 섬에 내려 스노클링 장비를 착용했다. 수경을 쓰면서 문득 올려다본 하늘에는 우리나라에서 본 그것과 다르지 않은 태양이 작열하고 있었다. 내가 지금 서 있는 이곳이 여기가 필리핀인지, 동해 바다 어느 곳인지 잠시 헷갈렸다.

바닷속에서 고래상어와 바다거북과 열대어들을 구경하고 그 속을 유유히 헤엄쳐 다니며 나는 차라리 말할 필요 없이 평화롭게 살아가는 물고기들이 부러웠다.

사람들은 그와 헤어진 내게 이유를 물었다. 왜 헤어졌는지 말해보라고, 둘 중 누가 잘못한 거냐고, 혹시 너의 잘못이 아니었느냐고. 결혼까지 생각했던 그 사람과 헤어진 이유와 원인 제공자에 대해 궁금해하는 이들에게 나는 진실을 말하기 싫었다. 아니, 말할 수가 없었다. 나는 그 이야기를 하고 싶어 하는 그들을 피하거나, 침묵했다.

나의 마지막 남은 가느다란 한 자락의 자존심이었다.


스노클링을 마치고 나와서 보트를 타고 세부의 리조트로 돌아왔다.

나는 욕실에서 따뜻한 물로 샤워를 마치고 가운만 걸친 채 침대에 몸을 뉘었다. 다시 눈을 떴을 때, 두 시간이 흘러가 있었다. 나는 한국에서 가져온 책을 집어 펼쳐 읽었다.

여유로운 휴식도 좋았지만, 내가 원한 추석 연휴는 따로 있었다.

오랜만에 만난 친척들과 인사를 나누고 시간을 보내다 "가은이는 결혼 언제 하니?"와 같은 질문이 튀어나오면, 나는 "네, 곧해요."라면서 그에게 받은 반지를 낀 손을 자랑스럽게 내보이는 것이다. 물론, 그 반지는 평소 끼고 다니는 커플링이 아니었다. 추석 연휴 며칠 전, 그의 로맨틱한 프러포즈와 함께 받은 다이아 반지.

나는 그 모든 상상이 모두 헛된 꿈이었다는 것을, 계획은 그저 내가 끄적인 종이 한 장에 그치지 않는다는 것을, 그 사람과 헤어지고 그와의 질긴 모든 연결고리가 끊어지고 나서야 비로소 깨달았다.


저녁 즈음, 나는 레스토랑으로 향했다.

레스토랑 홀은 답답했고 테라스에서 바깥 풍경을 보며 식사를 하고 싶었던 나는 레스토랑 야외 테라스의 한 자리에 앉았다.

그곳에 앉아 바비큐를 포크로 한 점씩 찍어 먹으며 해가 지는 하늘을 바라보는데, 대각선 즈음에 혼자 앉아있는 어떤 여자와

자꾸만 눈이 마주쳤다. 갈색 피부와 파란 눈동자를 가진 그녀는
나와 눈이 마주칠 때마다 내게 따스한 미소를 지어 보이다가, 나
에게 걸어와 말을 건넸다. 당신과 이야기하고 싶은데, 괜찮으실
까요?

그녀는 자신의 화이트와인이 담긴 잔과 새우구이 요리가 담
긴 접시를 들고 내 테이블로 자리를 옮겼다. 나는 너무나 스스럼
없는 그녀의 행동이 당황스러우면서도 조금 흥미로웠다. 그리고
그런 그녀의 행동을 충분히 이해할 수 있었다.

여행은 사람의 발을 현실에서 한 뼘쯤 띄워 환상 속에 머무는
착각을 불러일으킨다. 평소에는 할 수 없었던 일들. 평소라면 낮
부끄럽고 체면 차리느라 하지 못하는 일들. 아무리 소심한 사람
이라 하더라도 여행지에서 만난 낯선 사람에게 스스럼 없이 먼
저 말을 걸고, 규칙에 철저한 사람이라 하더라도 여행지에서는
쉽게 선을 넘는 대범한 행동을 저지르는 것이 바로 여행이 주는
일종의 '환각' 때문인 것이다.

"어디서 오셨어요?"
"저는 독일에서 온 루이사예요. 당신은요?"
"저는 한국에서 온 이가은이에요. 그냥 은이라고 부르세요."
내 앞에 마주 앉은 그녀는 독일 출신의 '루이사(Luisa)'라는

여성이었다. 그녀는 나보다 대략 열 살이 많았고, 독일어만큼이나 영어를 능숙하게 사용했다. 영어라면 나도 자신 있었기에 우리는 큰 어려움 없이 편안하게 대화를 할 수 있었다.

"사실 리조트에서 당신을 자주 봤어요. 수영장에서, 레스토랑에서, 산책로에서."

"리조트에 머무르는 시간이 많았거든요."

"은, 혼자 오셨어요?"

나는 잠시 머뭇거리다, 이내 고개를 끄덕거렸다.

"루이사는 누구와 오셨어요?"

"저는 남편과 왔어요."

루이사의 남편은 속이 좋지 않아 리조트 방에서 쉬는 중이라고 했다. 그녀는 조심스럽게 입을 열었다.

"은, 이런 말을 해도 되는지 모르겠지만…… 늘 상처받은 표정을 하고 있었어요."

나는 좀 놀랐다. 그걸 눈치채고 있었구나. 아마 그녀가 아닌 누구라도 나를 보고 그런 생각을 했을 수도 있을 것이었다.

"저는 병원에서 심리상담가로 일하고 있어요. 지금의 남편도 그곳에서 만났죠."

루이사의 남편은 소아과 의사였다. 나는 테라스 너머 붉게 차

오르는 노을을 바라보다 다시 루이사를 보며 조심스럽게 말을 꺼냈다.

"사실, 저는 얼마 전 남자친구와 헤어졌어요."

루이사는 말없이 고개를 끄덕였다.

"결혼까지 생각했던 남자였는데, 내 절친한 친구와 바람 피우는 것을 목격해버렸어요."

"저런. 충격이었겠네요."

"네."

나는 다소 과감한 고백에도 불구하고 루이사는 담담하게 대응했다. 저만치서 노을로 온통 붉게 물든 바닷가를 거니는 연인이 보였다. 비현실적인 풍경이었다. 나에게도 저렇게 아름다운 시간이 다시 찾아올까. 나는 내 삶에서 중요한 사람을 다시 만날 수 있을까. 내 인생에는 두번 다시 없을 것 같은 장면이었다.

"나는 그 사람과 헤어지면 그걸로 내 상처는 끝날 줄 알았어요. 하지만 그와 헤어지고 난 뒤에도, 우리가 함께 보낸 시간만큼이나 많은 흔적들이 남아 있었어요."

"예를 들면요?"

"함께 다니던 거리와 함께 갔던 곳들…… 안 그러려고 해도 그와 함께였던 시간들이 자꾸만 떠올랐어요."

우리가 자주 갔던 극장의 사람들 속에 그 사람이 언뜻언뜻 보이는 것 같고, 커피전문점에서 에스프레소 콘파냐를 주문하는 목소리가 들리면 굳이 그 목소리를 낸 사람의 얼굴을 확인하려 애쓰고, 늦은 밤 라디오에서 들리는 그가 좋아했던 노래와 거리를 지나다가 내 곁을 스치는 사람에게서 나는 그가 쓰던 향수와 비슷한 향기, 우리가 헤어진 줄 모르고 내게 그의 안부를 묻는 사람들, 옷 가게 쇼윈도에서 그의 스타일의 옷을 입은 마네킹, 그가 좋아했던 닭볶음탕 냄새, 그의 것과 같은 기종의 휴대폰…… 내가 혼자가 된 후에도, 나의 세계에서 그가 깡그리 다 사라졌음에도 세상은 잔인하리만치 온통 그 사람의 흔적들을 나에게 확인시켜주었다.

"당신의 이야기를 친구에게도 털어놓았어요?"

"아뇨."

"가까운 친구에게 그 이야기를 조금이라도 했더라면 당신은 위로받았을 텐데요."

"제가 그동안 주위 사람들에게 그 사람을 좋아하는 티를 많이 냈어요. 그 사람에게서 선물 하나를 받아도 친구들 앞에서 그걸 굳이 꺼내고는 '봐라, 나는 지금 그 사람에게서 이만큼이나 사랑받는 여자다'라고 티를 내고, 그와 좋은 곳에서 데이트를 한 다음 날이면 그에 대해 그리 관심도 없는 동료에게까지 휴대폰 사진을 보여주며 확인시켜주고. 늘 그런 식이었어요. 자신의 인형을 어른들에게 자랑하는 꼬마처럼."

루이사는 시종일관 따스한 미소를 얼굴 가득 머금고 있었다. 당신의 이야기를 들어줄게요. 마음껏 쏟아내세요. 그녀의 닫힌 입술은 마치 내게 끊임없이 말하고 있는 것만 같았다.

"그렇게 나를 사랑해준 사람이었는데, 내가 다른 사람들에게 내세울 거라곤 그 사람밖에 없었는데…… 그렇게 철저히 믿었던 사람이 누구도 아닌 나의 가까운 친구와 마음을 나눌 줄은 몰랐어요. 내가 도대체 뭘 잘못해서 이런 일이 벌어진 건지 모르겠어요."

"은."

"네."

"그건 결코 당신의 잘못이 아니에요."

루이사는 내 손을 두 손으로 꼭 잡았다. 그리고 그녀의 까무잡잡한 피부 덕분에 더 맑아 보이는 파란 두 눈동자로 나를 지그시 바라봤다. 나는 그녀의 행동이 당황스러웠지만, 그리 불편하지는 않았다. 루이사는 잡고 있었던 내 손을 다시 내려놓았다.

"세상은 영원하지 않죠. 사람의 생애도 그러한 것처럼. 그러니 은의 상처도 영원히 지속되지 않을 거예요."

"정말 그럴까요?"

"그럼요. 모든 건 언젠가 끝날 거예요."

나는 루이사의 진심 어린 이야기를 듣고 가슴 깊은 곳에서 밀려오는 따스한 위로를 받았다. 그녀는 내가 여행지에서 처음 마주친 낯선 사람이었음에도 내게 그 누구보다 큰 위로를 주었다. 앉아있는 자리 주위의 공기가 피부 속으로 편안하게 스며들었다.

루이사가, 다시 입을 열었다.

"저는…… 아이를 잃었어요."

나는 순간, 이야기를 멈추고 그녀를 말없이 바라봤다. 우리 사이에 침묵이 서린 바람 한 줄기가 스쳐 지나갔다. 루이사가 다시 천천히 이야기를 이어갔다.


은, 당신에게는 살면서 어떤 기억이 가장 강렬하게 새겨져 있나요? 나쁜 기억이든, 좋은 기억이든 그건 그 자체로 우리 삶에 있어서 중요한 의미이리라 생각해요.

저에게는 아들이 있었어요.

결혼 5년 만에 가진 귀한 아이였죠. 리온이라는 이름의 아이는 정말 사랑스러운 존재였어요. 내 생애 처음으로 엄마가 되는 기적을 선물해준 천사. 저는 리온의 일거수일투족을 카메라에, 노트에 빠짐없이 기록했어요. 덕분에 저를 포함한 주위 사람들이 리온 성장기를 지켜볼 수 있었죠.

그러던 어느 날, 밖에서 놀다 집으로 돌아온 리온을 씻기는데 아이의 몸 군데군데 멍이 든 것을 발견했어요. 나는 리온에게 어디서 이렇게 다쳤냐고, 누가 널 때린 것은 아니냐며 아이를 추궁하고 다그쳤지만  리온은 그저 당황스러운 표정으로 큰 눈만 끔뻑거릴 뿐 어디서 넘어지거나 누군가가 자신을 때린 기억은 없다고 말했어요.

아이들이 정신없이 놀다 보면 뒹굴고 달리다 조금씩 다치기도 하는 거라 여겼지요. 우리 가족들은 물론이려니와, 어느 누구도 그 자국에 민감하게 생각했던 이가 없었어요.

남편 마크도 아빠가 아닌 의사로서 보아도 리온의 몸에 든 멍은 그리 큰 병의 징조는 아니라고, 분명 잠을 자다 몸부림치는 바람에 부딪힌 흔적일 거라 말했죠. 지금 생각해보면, 마크는 이미 어떤 것을 예상하고 앞으로 우리에게 닥칠 미래를 두려워하고 있었을지도 몰라요. 그래서 그것을 애써 부정했던 거죠.  리온에게는, 우리에게는 아무 일도 일어나지 않을 거야. 괜찮을 거야.

그런데 언제부터인가 리온이 시도 때도 없이 코피를 흘렸어요. 처음에는 그저 피곤해서 그런가, 하고 대수롭지 않게 여겼지만 아이가 코피를 흘리는 빈도가 점점 잦아지자 나는 리온을 데리고 병원에 갔어요.

눈이 부신 날

리온의 병명은 백혈병이었어요.

저는 그래도 그때까지는 아이 아빠도 의사고, 리온도 밝고 긍정적인 아이니까 씩씩하게 치료받고 우리가 조금만 애를 쓰면 리온의 병도 금방 나으리라 믿었어요.

하지만 리온의 병은 날이 갈수록 나빠졌고, 그럴수록 우리 부부는 점점 더 간절하게 신에게 매달렸죠. 나는 너무 답답했던 나머지 남편을 붙들고 소리를 질렀어요. 당신은 소아과 의사잖아! 다른 아이들 병은 다 고쳐주면서 어떻게 아들 병은 못 고쳐! 그러고도 당신이 리온 아빠라고 할 수 있어?

그 사람도 나만큼 답답했을 거예요. 하지만 나도, 마크도 사실 다 알고 있었어요. 아무리 아빠가 소아과 의사라고 해도 아들의 병을 고칠 수는 없다는 걸. 그저 리온이 고통을 조금이라도 덜 느낄 수 있게 리온을 더 많이 안아주고 곁에서 세심히 돌보는 것밖에는 방법이 없다는 걸. 리온과 오래 건강하게 함께 살고 싶은 마음은 그와 나 모두 똑같다는 걸.

하지만 우리의 바람과는 달리 리온 투병 1년 만에 일곱 해의 짧은 해를 마치고 숨을 거뒀어요. 나의 작은 천사는 그렇게 저에게 잠시 머물러 사랑의 기억만을 남기고 하늘로 떠났죠.

저는 사람들의 마음을 치료해주는 일을 하고 있으면서, 정작 내 마음은 쉽게 치료할 수가 없었어요.

내가 조금이라도 일찍 아이 병의 징후를 알아챘더라면, 초기에 리온의 병이 잘 치료가 되었다면, 남편의 동료들 중 의술이 뛰어난 누군가가 리온을 고쳐주었더라면.

현실에서는 이루어지지 못한 온갖 망상들은 모두 날카로운 가시가 되어 나를 끊임없이 아프게 찔러댔어요. 그때는 살아 숨 쉬는 순간순간이 죄를 짓는 기분이었어요.


그러던 어느 날, 카렌이 나를 불렀어요.

함께 점심을 먹자는 거였죠. 도시락을 싸 왔는데, 양이 너무 많다며 나눠 먹자고.

카렌은 같은 병원의 나와 같은 일을 하는 동료인데, 한국인 남편의 영향 덕분에 한국 음식을 무척 잘 만들었어요. 맛도 아주 좋았죠.

그날 카렌의 도시락을 채운 음식은 만두였어요. 야채와 고기로 속을 채워 찐 따끈한 만두. 카렌의 말대로, 혼자 먹기엔 양이 너무 많더군요.

"시어머니가 손이 크세요. 음식을 해도 주위 사람들 다 나눠 먹을 만큼 넉넉히 하시죠. 음식을 자기 먹을 것만 해서 먹으면, 정 없다고. 오늘도 많이 담으시려는 걸 제가 말려서 이만큼 가져

눈이 부신 날

온 거예요."

나는 카렌이 말하는 '정'의 의미를 정확히 알 순 없었지만 카렌이 건네는 젓가락을 받으며 그것이 어떤 것을 말하는 것인지는 어렴풋이 알 수 있었어요. 함께 음식을 나눠 먹고 싶은 마음, 서로의 이야기를 듣고 싶은 마음.

카렌과 나는 카렌의 도시락 속에 든 만두를 젓가락으로 집어 간장에 찍어 먹었어요. 만두는 무척 따뜻하고 맛있었어요. 만두를 먹던 카렌이 먼저 말을 건넸죠.

"시어머니께서 냉장고에서 김치를 꺼내는데 신 냄새가 코를 찔렀어요. 김치냉장고에다 보관했는데도 김치가 푹 시어버린 거죠. 시어머니가 김치 상해서 다 버리기 전에 음식 만들어서 먹자고 잔뜩 만드신 거예요."

"그래서 그걸로 다 만두를 빚으신 거예요?"

"네. 만두도 빚고, 전도 굽고, 찌개랑 찜도 만드셨어요."

카렌은 미소를 지었어요. 그 미소에 설핏, 슬픔이 비쳤어요.

"음식을 하시면서 시어머니가 말씀하셨어요. 아가, 이런 김치 하나에도 수명이 있고 운명이 있다. 김장할 때는 아주 오래 두고 두고 먹을 것 같더니 이제는 제 갈 때 다 됐다고 서두르는 것 봐라."

카렌의 시아버지는 무척 건강하신 분이었는데, 얼마 전 교통

사고로 세상을 떠나셨다고 해요. 카렌의 시아버지는 평소 아내의 요리를 아주 좋아하셨고, 나이 들어서도 아내의 음식을 오래 즐기는 게 꿈이라고 하셨는데…… 그렇게 갑작스럽게 이별을 하게 된 거죠.

"김치도, 꽃도, 고양이도 물론이거니와 모든 것은 정해진 수명이란 게 있어요. 다른 말로 하면 운명이죠. 그 운명이 다 하면 우리에게는 이별이 찾아와요. 우리가 함께 보낸 시간의 양과 감정의 질과는 상관없이."

"당신 말이 맞아요. 시간과 이별은 상관없어요."

카렌은 내 손을 꼭 잡았어요. 그 손은, 만두에서 피어오르는 온기만큼 따뜻했어요.

"리온은, 당신이 자신의 엄마로서 살아온 시간 내내 행복했을 거예요. 루이사 덕분에 리온은, 이 세상에 머문 짧은 시간 동안 생애 모든 행복을 누리고 갔을 거예요."

나는 카렌의 진심 어린 위로를 받고 눈시울을 붉혔어요.


은, 모든 인연에는 수명이 있어요. 그 수명이 끝자락에 닿았을 때 우리에게는 이별이 찾아오죠. 수명이 운명이듯, 만남과 이별 또한 운명이에요. 가족과 이별하고, 사랑했던 사람이 떠나고, 음식과 꽃은 변하고 사라져요. 그 모든 헤어짐은 결코 누군가의 잘

못도 아니고, 그것에 대해 죄책감을 가져서도 안 돼요. 물론 이별은 고통이고 아픔이지만, 그 또한 인생이에요. 만나고, 헤어지고, 고통을 견디고 극복해 또다시 만나 인연을 맺는 모든 것들이 인생이에요. 그 속에서 우리는 그런 과정들을 통해 점점 단단해지죠. 그런 인생 속에서 말이죠.

그날 저녁, 루이사가 나에게 들려준 이야기는 부드럽고 큰 보자기처럼 내 마음을 포근하게 감싸 주었다. 루이사는 하늘 위에 뜬 둥근 달을 바라보다가 이야기의 주제를 바꿨다.

"당신 이름이 가은, 이라고 했죠?"

"네, 가은."

"이름의 뜻이 뭐예요?"

"한자 이름이에요. 옳을 가[可], 편안할 은[穩]. 웃기죠? 정작 내 인생은 옳고 편안한 게 조금도 없는데."

"저는 조금 알 것 같아요."

"어떤 걸요?"

"은의 이름의 뜻이요."

나는 어리둥절한 표정을 지어 보였고, 루이사는 흥미롭다는 듯 자신의 두 팔꿈치를 테이블에 올리며 미소 지었다.

"옳고 편안하다. 은, 당신은 그 자체로 옳은 존재이고 앞으로 편안하게 살 수 있는 사람이에요. 은의 주위 사람들도 옳은 당신 덕분에 편안함을 느낄 테고요."

"고마워요."

나는 루이사의 이야기를 듣고 감동했다. 나는 루이사를 꼭 안았다. 진심으로 위로를 받은 기분이었다.

"루이사의 이름 뜻은 뭐예요?"

루이사가 입가에 미소를 머금고 대답했다.

"전사예요. 강하고 용감한."

루이사의 이름은 그녀와 무척 잘 어울렸다. 인생에서 소중한 존재를 잃었지만 그만큼 소중한 존재를 지키기 위해 버티는 그녀는, 이름 그대로 '전사'였다. 자신의 삶을 버텨내고 아들을 끝까지 지켜주고 세상과 맞서 싸운, 강하고 용감한 전사.

우리는 그날 밤 9시가 넘어서야 이야기를 마쳤다. 우리는 서로에게 각자의 인스타그램 주소를 알려준 뒤 서로를 따스하게 안아주며 헤어졌다.

"루이사, 오늘 즐거웠어요."

"은, 저도 무척 좋은 시간이었어요."

나의 반대편 길로 향하며 뒤돌아서서 나를 향해 손을 흔드는 루이사의 미소가 달빛 아래서 눈부시게 빛났다. 그녀는 누구보다 강한 여자이자, 용감한 엄마였다.

한국으로 향하는 비행기를 타러 공항으로 가기 전, 나는 리조트 앞 벤치에 남편과 함께 앉아있는 루이사를 만났다.

"은, 여행 마치고 가는 거예요?"

"네. 이제 한국으로 돌아가요. 루이사는요?"

"저는 남편과 이틀 더 머물다 갈 예정이에요."

"여행이 끝난다 생각하니 너무 아쉬워요."

"이번 여행은 끝이지만, 은의 삶은 끝이 아니잖아요. 여행은 끝나지 않을 거예요. 당신의 삶이 끝나지 않는 한."

"루이사, 고마워요."

"은, 기억해요. 당신은 그 자체로 옳고 편안한 존재예요. 자신이 귀한 사람이라는 걸 잊지 말아요."

우리는 남은 이야기는 SNS를 통해 더 나누기로 약속한 뒤, 작별 인사를 나누었다. 루이사와 나의 만남은 이로써 끝이지만, 우리의 인연은 계속 이어질 것이었다.

나는 이번 필리핀 여행에서 루이사라는 인생 철학자를 만난 것을 큰 선물이라 믿었다. 사실, 가족들과 친구들이 혼자 필리핀으로 여행 가는 나를 많이 걱정했었다. 나는 괜찮다고 재차 말했지만, 실연으로 힘들어하는 내가 혼자 있을 때 혹시라도 잘못된 생각을 하면 어쩌나 하고.

인천국제공항에 도착했을 때, 효주가 나를 맞이했다. 게이트를 나오는 나를 보자마자 효주는 내게 달려와 나를 얼싸안았다.

"못 보는 줄 알았잖아."

"못 보긴 뭘 못 봐. 내 통장이랑 적금 모아서 산 가방이랑 집에 다 있는데."

"진짜, 여행 가기 전 네 얼굴이 너무 어두워서 다들 걱정했어. 혹시 가은이, 죽으러 가는 것 아냐? 하고."

"내가, 그깟 남자 하나 때문에 죽을 사람으로 보여? 내가 좀 비실비실해보여도, 그렇게 무너질 정도로 약한 사람은 아냐."

효주를 포함한 친구들과 가족들은 여행지에서 무사히 돌아온 나를 기쁘게 맞아주었다.


나는 여행에서 돌아와 빠른 속도로 일상으로 복귀했다.

내가 떠나기 전 인천국제공항에서 맞았던 후텁지근한 바람은 추석 연휴가 지난 지금 열기가 다 빠지고 사늘해져 있었다.


여행에서 돌아온 지 한 달 정도 지난 화요일, 나는 회사에서 그동안의 영업 실적을 인정받고 주임으로 한 단계 승진했다. 나는 사무실 동료들에게 꽃다발과 케이크로 축하를 받았다. 촛불을 끈 생크림 케이크는 사무실 동료들과 함께 맛있게 나눠 먹었다.

그날 저녁, 나는 퇴근길에 효주를 만나 함께 식사를 하러 갔다.

쉬림프 오일 파스타와 로제 파스타와 그린 샐러드를 먹으며 효주와 나는 이야기를 나누었다.

"여행 가서 마음은 잘 추스르고 왔니?"

"완벽히 다 정리하고 왔지."

"사실 난, 네가 그 친구 쉽게 못 잊을 거라고 생각했었어."

"그때 당시에는 나도 그렇게 생각했었는데 지금은 뭐, 아무것도 아냐."

나는 효주의 조그만 입술 사이로 빨려 들어가는 로제 파스타를 물끄러미 바라봤다. 그리고 다시 입을 열었다.

"수명이 다한 거라 헤어진 거야."

"응?"

"모든 인연에는 수명이 있대. 그래서 우리는 딱 거기까지만 하고 끝인 거지. 성준이랑 나, 그저 딱 거기까지였던 거야. 거기서 억지로 질질 끌고 갔으면 더 큰 탈이 났을지도 몰라. 하지만 그놈이랑 헤어졌더라도 그거랑 상관없이 나는 여전히 여기 이렇게 살아있고, 또 계속 살아갈 거야. 난 그냥 나대로 살 거야."

"오, 가은이 좀 멋있는데? 세부에서 진짜 누굴 만난 거야?"

"전사."

"전사?"

"그 사람이 그러더라. 나는, 그 자체로 옳고 편안할 자격이 있는 존재라고."

전사라니, 그게 무슨 소리야? 효주는 어리둥절한 표정을 지었고, 나는 그런 효주를 보며 히죽, 웃었다.


식사를 마치고 식당을 나서서 스타벅스에 들러 테이크아웃 커피를 사서 나왔는데, 길가에 낯익은 차 한 대가 보였다. 익숙한 외형과 차 번호. 성준의 K5 검은색 승용차였다. 차 안에는 아무도 없었다.

나는 잠시 가만히 서서 그 차를 물끄러미 바라봤다.

"이 차, 그 새끼 차 아냐?"

효주의 물음에 나는 조용히 고개를 끄덕였다. 나는 카페모카를 마시고 난 테이크아웃 종이컵을 아무렇게나 구긴 뒤, 그것을 그 차 앞 범퍼에 냅다 던졌다.

철퍼덕!

종이컵이 차 앞 범퍼에 부딪히면서 그 안에 조금 남아 있던 진득한 카페모카 거품이 범퍼에 아무렇게나 덕지덕지 묻었다.

효주가 헉, 하고 손으로 입을 가리며 놀랐지만 나는 알고 있었다. 그 순간, 효주도 나만큼이나 통쾌함을 느끼고 있다는 걸. 유치하지만 속이 뻥 뚫리는 시원한 쾌감을 우리 모두 동시에 느꼈다는 걸.

자동차 블랙박스 사각지대에서 던진 것이기에 카메라에 내가 담기지도 않을 것이었다. 설령 카메라에 종이컵을 자기 차에 힘껏 던지는 내 모습이 찍혔더라도 성준이 나를 어쩌지는 못할 것이었다. 지가 뭔데 날 함부로 건드려.

그것은 분명, 나에게 있어 옳은 행동이었다.


뒤돌아 걸어가는 효주와 내 뒤로 귀에 익숙한 목소리로 소리치는 남자가 있었다. 누구야! 우리는 서로를 보며 키득키득 웃었다.


나는 전사처럼 용감하고 당당하게 길을 걸었다.

내가 가는 길이 옳은 길이라면, 혼자 걷는 이 길 또한 정답일 것이었다. 길을 걷는 내 발걸음이 편안하게 가벼워졌다.


앞으로의 내가 기대되는 눈부신 가을날이었다.

눈이 부신 날

저는 무대 설치 업체에서 엔지니어로 일해요.

우리나라에서는 참 많은 행사가 열립니다. 축제, 대회, 시상식, 콘서트나 뮤지컬 같은 크고 작은 공연, 결혼식이나 돌잔치처럼 가족 행사도 많이 열리죠.

이번 행사에 설치된 시스템은 무대, 무대 추가 확장, 조명과 음향시스템, LED 스크린, 전 좌석입니다. 조명은 무대 위의 바턴에 걸어야 해서 가장 먼저 설치를 합니다. 그리고 로비 쪽에 포토존을 설치합니다. 행사 당일에는 최종 리허설이 진행되는데 행사 큐시트에 맞춰 음향, 조명, 영상 등 설치한 모든 시스템을 점검합니다.

이렇게 며칠에 걸쳐 설치한 무대는 바로 배우 시상식이었어요.

유명한 배우들이 많이 온다고 해서 저도 덩달아 신이 났죠. 영화와 드라마에서나 봤던 배우들을 눈앞에서 볼 수 있다니, 실제로 보는 그들은 얼마나 화려하고 멋있을까 기대하면서.

우리 업체는 무대 설치를 마쳐도 곧바로 그곳을 벗어나지 않습니다. 아무리 그 행사에 무대 감독이 있다 하더라도 우리 기사들은 만일의 사고를 대비해 행사를 무사히 마칠 때까지 현장에 대기해야 해요. 혹 조명이 떨어지거나 무대가 파손되는 사고가 일어나기라도 하면 즉시 현장에 투입해 상황을 수습해야 하기 때문이죠.

관객들이 자리를 채우고, 이름만 들어도 고개를 끄덕일 만큼 유명한 배우들도 속속 도착했습니다. 와, 눈앞에서 본 배우들은 정말 멋지더군요. 드레스와 턱시도를 차려입고 레드카펫 위를 보통의 걸음걸이로 걸어가는데도 빛이 흩뿌려지는 것 같았어요.

아이처럼 신난 기분으로 배우들의 화려한 행렬을 구경하던 나는 멈칫, 하고 말았습니다.

그녀였어요.

긴 생머리를 차분하게 늘어뜨리고 발목까지 내려오는 진줏빛 실크 드레스를 차려입고 높고 반짝이는 구두를 신고서 조심스럽게 걸어오는 아름다운 여배우는 바로, 그녀였습니다. 순간, 저는 제 눈을 의심했어요. 내가 기억하는 그 친구가 맞는 건가, 하고.

오랜 시간이 흘렀음에도 그 고운 미소는 여전하더군요.

그래요. 그녀는 저의 첫사랑이었습니다.


성이린.

그녀가 배우가 되기 전 이름은 지혜였어요. 박지혜. 그렇죠. 아마 기획사 측에서 따로 예명을 쓰자고 했을 테죠. 지혜는 너무나 흔한 이름이니까. 사람들의 기억에 남을 배우가 되려면 우선 배우의 첫인상인 이름부터 특별해야 하니까.

지혜는 올해 많은 사람들에게 좋은 평을 받은 영화의 출연자였습니다. 주연은 아니지만 영화에서 꽤 많은 비중을 차지한 조연 배우로서 훌륭한 연기력을 선보였기에 상을 받으러 참석한 거였죠.

지혜는 영화에 출연한 상대 남자 배우와 다정하게 팔짱을 끼고 레드카펫을 걸어와 포토월 앞에 서서 당당하게 포즈를 취했고, 기자들의 카메라 플래시가 일제히 팡팡 터졌습니다. 지혜보다는 그녀와 포토월에 함께 선 주연 배우들에게 질문이 쏟아졌고 드디어 어느 TV 연예 프로그램의 한 리포터가 지혜에게 한마디 덧붙였어요.

"성이린 씨, 오늘 너무 아름다우세요!"

"감사합니다."

"영화를 마치고 난 소감이 어떠세요?"

"후련하고 좋아요. 좋은 분들과 함께 할 수 있어서 덕분에 멋진 작품이 나온 것 같아요."

리포터와 짧은 인터뷰를 마친 지혜는 카메라를 향해 활짝 웃었습니다. 그 아름다운 미소가 마치 나를 향해 짓는 것만 같아서, 나는 그만 정신이 아찔해지고 말았어요.

지혜는 어릴 적부터 꿈이 많은 아이였어요.

우리가 처음 만났던 초등학교 때부터 지혜는 하루에도 수십 번 자신의 꿈에 대해 이야기하곤 했어요. 의사, 간호사, 검사, 변호사, 경찰, 교사, 아동문학가, 시인, 승무원, 요리사, 카피라이터, 일러스트레이터, 도서관 사서 등…… 어떻게 그 많은 직업을 다 알고 있을까 의문이 들 정도로 지혜는 수많은 직업에 대해 환상을 품고 있었어요.

"의사가 되면 주위 사람들이 갑자기 아플 때 도움도 많이 되고 좋을 것 같아."

"의사 되려면 공부 얼마나 열심히 해야 하는지 알아?"

"교사도 멋질 것 같아. 우리 선생님 멋있잖아."

"네가 어른이 되면 교사라는 직업이 얼마나 힘든 건지 알게 될 거야. 매일 아이들과 학부모들한테 시달리고."

"아동문학가도 되고 싶어."

"작가들은 돈 못 벌어. 굶어 죽고 싶으면 글 쓰든지."

재잘거리던 내 옆이 일순 조용해졌습니다. 내가 너무 심했나? 고개를 돌려 곁을 보니, 지혜가 자리에서 일어나 책가방을 메고 있었습니다. 지혜가 선 채로 내게 대뜸 물었습니다.

"너는 꿈이 뭐야?"

"나는 비행기 조종사."

"꿈 깨. 겁이 많아서 비행기는커녕 바이킹도 못 타는 주제에."

지혜는 내게 퉁명스럽게 한마디 톡 쏘고는 휙, 뒤돌아서서 그대로 걸어갔습니다. 나는 그저 멍하니 그 친구의 멀어져가는 뒷모습을 바라만 보고 있었어요.

열한 살, 여름이었습니다.


비행기 조종사라는 꿈, 공군이셨던 아버지를 동경하는 마음에 품었던 단순한 허상이었죠. 비행기 조종사가 되려면 어떤 공부를 해야 하는지, 어떤 과정과 기관을 걸쳐야 하는지, 따야 할 자격증은 무엇이 있고 구체적으로 어떤 능력을 갖춰야 하는지도 모르면서. 그땐 그랬어요. 어른이 되면 어릴 때 품었던 꿈을 얼마든지 이룰 수 있을 거라고. 우리가 지금 꿈만 꾸고 있는 건 단지 어려서일 뿐이라고.


　지혜는 예쁜 친구였어요.

　피부도 새하얗고, 얼굴도 예뻤고, 목소리도 맑고, 공부도 곧잘 했어요. 어른들은 지혜더러 큰 인물이 될 거라고 입을 모아 말했죠. 하지만 그때 우리는 겨우 초등학교라는 작은 울타리 속에 옹기종기 모인 꼬맹이들일 뿐이었고, 점점 더 넓어지는 세상이 기다리고 있다는 것을 상상조차 못하고 있었습니다.

　어느 날, 학원 다녀오는 길에 우연히 마주친 지혜는 물어볼 게 있다며 나를 불러세웠습니다. 우리는 초코우유를 하나씩 사 들고는 한적한 놀이터 그네에 나란히 앉았습니다.

　"너 중학교 어디로 가?"

　"금선중학교. 애들도 거의 다 거기 가던데. 너는 어느 중학교로 가?"

　"나는 사실 예술중학교 가고 싶은데, 거기는 사립이라 학비가 너무 많이 든대. 그리고 엄마 아빠가, 너는 예술을 하지도 않으면서 거길 왜 가려고 하냐고."

　"그런데 너는 왜 굳이 예술중학교 가려고 하는 거야?"

　또래 친구들 중에서는 더러 그런 애들이 있었어요. 사립이나 공립 혹은 위치 같은 현실적인 조건 때문이 아니라 학교 마크가 멋지다거나 교복이 예쁘다는 하찮은 이유 따위로 그 학교를 가고 싶어 하는 친구들이 있었던 거죠. 나는 지혜가 혹시 그런 단순한 이유로 그곳을 가고 싶어 하는 건지 궁금했어요. 내 질문에 지혜는 미소를 지었습니다.

"연기 배우고 싶어서."

"연기? 탤런트가 네 꿈이야?"

"응. 배우 되고 싶어."

지혜는 배우가 정말 잘 어울리는 직업 같았어요. 배우를 하면 지혜가 꿈꾸는 모든 것을 연기로 할 수 있을 테니까. TV에서 비치는 멋진 배우들처럼 지혜도 그렇게 될 가능성이 충분해 보였어요. 아직 다듬어지지 않은 원석처럼, 오랜 시간 갈고 정성을 들이면 머지않아 빛나는 다이아몬드가 되리라고. 그래서 이번에는 도저히 반박할 수가 없었습니다.

"그런데 배우로서 유명해지고 성공하려면 오랫동안 여기에서 살면 안 돼."

"그럼 어디로 갈 건데?"

"서울."

"서울?"

"우리 삼촌이 그랬어. 돈 많이 벌고 성공하려면 서울에 가야 한다고. 거기를 가야지 뭐라도 될 수 있다고. 유명한 사람들 봐

봐, 다 서울에 사는 사람들이야. MBC, KBS 같은 방송국도 다 서울에 있잖아."

지혜의 꽤나 구체적인 계획에 나는 그저 조용히 고개를 끄덕였어요. 하루에도 수십 번씩 꿈이 바뀌는 지혜가 '배우'가 되고 싶다고 했을 때 처음에 나는 또 내일이면 꿈이 바뀌겠거니 가볍게 생각하려 했었는데, 그게 지혜의 진짜 꿈이었던 거에요. 수많은 가짜 꿈들 중에 수줍게 숨겨져 있던 진짜 꿈. 진정으로 원하는 미래.

"훌륭한 배우가 돼서 성공하길 바랄게. 행운을 빈다."

"고마워."

지혜와 나는 서로 손에 든 초코우유를 짠, 하고 부딪치며 괜히 장난스레 어른 흉내를 내봤어요. 그 순간, 지혜가 눈부시게 웃었어요. 그 미소는 정말이지, 오랫동안 잊을 수 없을 만큼 아름다웠어요.


초등학교를 벗어나 각각 다른 중학교로 가면서 지혜와 나도 점점 연락이 뜸해졌어요. 하지만 학교 등하굣길에서 아주 가끔 마주치곤 했죠.

길에서 마주친 지혜는 내게 살짝 웃어보이며 손을 흔들고는 이내 짧은 단발머리를 찰랑거리며 다시 멀어졌습니다. 대부분의 사람들이 인생의 흑역사라고 기억하는 중학생 시절, 살아가는 동안 우리들의 평균 외모가 가장 떨어지는 그 시기에도 지혜는 여전히 예쁜 사람이었어요.

"영화 '눈이 부신 날'의 성이린, 축하합니다!"

그날의 신인여우상 주인공은 바로 그녀였습니다. 지혜는 쏟아지는 박수갈채를 받으며 자리에서 조심스럽게 일어나 무대 위로 올라가 반짝이는 트로피와 꽃다발을 받았어요. 공간을 가득 채운 박수 소리, 수많은 시선들이 일제히 한곳으로 집중된 그 무대 위에 바로 지혜가 서 있었습니다.

"감사합니다. 영화배우가 된 지 4년 만에 이런 감격스런 상을 받아보네요. 영화 '눈이 부신 날' 오문영 감독님, 김명섭 작가님, 정미정 작가님 그리고 제 매니저 진수 씨 그리고 저의 가족들과 친구들에게도 감사하고 사랑한다고 전하고 싶습니다. 앞으로 더욱더 성장하는 배우 성이린이 되겠습니다. 감사합니다."

내가 며칠에 걸쳐 설치한 무대 위에, 사고가 나지 않도록 신경 써서 설치한 조명 빛 아래 지혜가 서 있었어요. 조명 빛이 적절하게 쏟아지는 자리 위에 서 있는 그녀는 정말 아름다웠습니다. 예쁘다는 차원을 넘어, 아름답고 멋있었습니다. 내로라하는 수많은 배우들이 모인 자리였지만 제 눈에는 그중에서 그녀가 가장 돋보였어요.

　지혜가 수상하는 모습을 지켜보던 사회자가 마이크에 대고 말했습니다.

　"수상 축하드립니다. 성이린 씨, 오늘 너무 아름다우세요."

　"감사합니다."

　지혜는 멋지게 미소 지으며 고개를 살짝 숙였습니다. 지혜의 눈가가 촉촉하게 젖어 있었어요. 그래요. 그녀는 감격에 젖어 있었습니다. 데뷔하고 4년 그리고 그 전의 힘겹고 어둡기만 했던 시간들이 지금의 지혜를 저 자리에 서 있게 한 모든 것이었겠죠. 그래서 이토록 눈부신 빛을 받으며 많은 사람들에게서 축하를 받는 기쁜 날, 행복한 웃음과 함께 감동의 눈물도 나는 거겠죠.

　중학교 졸업 이후, 지혜를 다시 만난 것은 어느 카페였습니다.

　초등학교를 졸업한 지도 꽤 지났고, 이제는 물리적으로도 긴 시간이 흘렀지만 어린 시절 내가 지혜에게 느꼈던 따끈한 연분홍빛 감정은 여전히 아직 남아 있었습니다.

　평소에는 내가 그렇게 자란 줄도 몰랐는데, 나와 같은 고등학생이 된 지혜를 보니 내 나이가 새삼 크게 와닿았습니다. 지혜는 중학생 때보다 키가 많이 큰 것 같았어요. 항상 똑단발머리였던 그때보다 머리칼도 한층 더 길게 자라나 있었고요. 지혜는 카페한 귀퉁이 자리에 앉아 카페라테 한 잔을 두고 무언가를 열중해서 읽고 있었어요. 나는 반가운 마음에 지혜에게 다가갔습니다.

"지혜야, 반갑다."

"규호야, 안녕? 오랜만이야."

"잠깐 여기 앉아도 돼?"

"응. 앉아."

나는 지혜의 맞은편 자리에 앉아서 손에 들고 있던 딸기바나나 주스를 테이블 위에 내려놓았습니다. 나란히 놓여있는 지혜의 카페라테와 나의 딸기바나나 주스가 마치 불쑥 자라 성숙해진 지혜와 아직 철없기 짝이 없는 나를 보는 것 같아 새삼, 낯이 붉어졌어요.

나는 지혜가 보고 있는 것을 슬쩍, 들여다보았어요. 그것은 활자가 인쇄된 몇 장의 프린트 용지였어요.

"뭐 보고 있는 거야?"

"이것, 오디션 볼 극본이야."

"오디션?"

"좀 있으면 청소년 연극제 하는데 거기 오디션 보려고."

그리고 지혜는 내게 청소년 연극제에 대해 상세하게 설명했어요. 연극에 대해 설명하는 지혜의 눈빛이 방금 전 인사를 나누었을 때보다 말갛게 빛나고 있었어요.

"거기 청소년 참여 연극이 열리는데 오디션 보고 참가할 생각이야."

"그럼 무대에도 올라가겠네?"

"당연하지."

"솔직히, 네가 배우 되고 싶다고 했을 때 좀 웃겼어. 미안해."

"미안하긴, 뭘. 나 같아도 허무맹랑한 꿈이라 생각하면서 비웃었을 거야. 나도 누가 연예인이 꿈이라고 하면 코웃음부터 치니까."

"그런데 네가 청소년 연극제 무대까지 생각하는 걸 보니 그게 그냥 가벼운 마음으로 품은 꿈은 아닌가 보네."

"응. 이렇게 틈틈이 실기 점수 쌓고 실력 다져서 연극영화과 전공도 하고, 오디션 보고 무대에도 설 거야. 카메라에 내가 어떻게 비칠지는 아직 잘 모르겠지만."

자신감에 가득 찬 들뜬 목소리로 이야기하던 지혜는 문득, 수줍게 볼을 붉히며 웃었어요. 그 미소 띤 얼굴이 참 고왔습니다.

"카메라 앞에 서면 긴장되긴 하는데, 그 떨림도 너무 좋아. 진짜 막 설레."

"다른 사람이면 몰라도 너는 분명 다 자신 있게 잘할 거야."

"고마워."

그랬어요. 지혜가 가지고 있는 꿈은 철없는 소녀의 짧고 가벼운 낮잠 같은 것이 아니었습니다. 그때 내가 본 지혜는 그 어느 때보다 진지했고, 반짝이는 눈빛에 장난기라곤 조금도 비치지 않았어요.

"나 이제 갈게. 오디션 연습해."

"그래, 먼저 가."

"연극 오디션 합격했으면 좋겠다, 지혜야."

"고마워, 규호야."

나는 지혜의 맞은편 자리에서 일어나 먼저 카페를 나섰어요. 내 손에 들린 테이크아웃 컵에는 채 다 마시지 못한 딸기바나나 주스가 찰랑찰랑 담겨 있었지만, 나는 그것을 휴지통에 그대로 버리고 뒤돌아 걸어 나갔습니다.

열일곱 살, 어느 여름날이었어요.


그날 이후, 지혜의 소식을 통 전해 들을 수가 없었죠. 서산을 떠나 다른 지역으로 이사를 갔다는 소식은 겨우 알게 되었지만 그곳이 정확히 어딘지, 그곳에서 어떻게 살고 있는지는 알 수 없었어요.

지혜는 배우가 되었네요.

내 친구는 꿈을 이루었네요.

빛나는 트로피를 안고 자리로 돌아온 지혜는 주위 사람들의 축하를 한 아름 받고는 그때서야 표정을 풀고 한층 편안해진 모습으로 시상식 분위기에 흠뻑 젖어 들었습니다.

배우가 되어 이렇게 상까지 받은 지혜를 바라보고 있으니, 참 흐뭇합니다. 마음으로는 당장이라도 그녀에게 다가가 알은척을 하고 진심 어린 축하를 건네고 싶지만, 한낱 무대 설치 기사인 제가 눈부시고 화려한 자리에 참석한 아름다운 여배우에게 감히 말을 걸 수는 없기에 그저 바라만 보기로 합니다. 그 시절 용기 없고 약한 소년처럼, 그렇게.

"김규호 기사님, 행사 1부 곧 마칩니다. 무대 점검 준비하세요."

"네, 알겠습니다."

허리춤에 찬 무전기에서 지직거리는 잡음과 함께 팀장의 목소리가 들렸습니다. 어느덧 시상식 1부를 마칠 때가 다 되었나 보네요. 우리 기사들은 행사 1부가 끝나고 2부가 시작되기 전인 막간을 이용해 무대 점검을 다시 한번 합니다. 1부 행사는 무사히 끝났지만 2부 행사 때 만약에 있을 사고를 대비해 또 한 번 무대 상태를 체크하는 것이죠.

무대 뒤로 달려가기 전, 나는 잠시 가만히 멈춰서서 저만치 있는 지혜를 바라봅니다.

안녕, 친구.

네가 꿈을 이루어서, 지금 그 자리가 행복해 보여서 참 좋다.

앞으로 네가 하고 싶은 일을 하면서 행복하기를 바랄게.

축하해, 나의 첫사랑.


나는 이내 시선을 거두고는 다시 정신을 퍼뜩, 차리고 무대 뒤로 향했습니다.



오늘은 큰 시상식이 치러지는 날이에요.

배우로 데뷔한 지는 4년이나 흘렀지만 아직까지 저는 크게 주목을 받아본 적도, 작품에서 중요한 역할을 맡아본 적도 없어요. 그래도 기회가 오면 어느 배역이든 가리지 않고 꾸준히 활동해 왔고 이번에 만난 영화 작품 '눈이 부신 날'에서 중요한 배역을 맡아 감사하게도 이렇게 상까지 받게 되었어요.

시상식 신인여우상 후보에 내가 올랐다고, 시상식에 참석해야 한다는 소식을 듣자마자 어찌나 가슴이 벅차오르던지. 저는 수상 여부보다 그 시상식에 내가 배우로서 참석한다는 사실이 몇 배나 감격스러웠습니다.

시상식 때 입을 의상과 수상 소감과 연예 프로그램 인터뷰 일정과 인터넷 기자 인터뷰 등, 기획사 식구들과 오랜 상의 후 고른 드레스는 발목까지 내려오는 진줏빛 실크 드레스였습니다. 너무 웨딩드레스 분위기가 날까 봐 걱정스러웠는데 막상 입어보니 신부 느낌보다는 청순한 소녀 같은 분위기가 느껴져 저도 크게 만족스러웠어요.

배우가 된 지는 꽤 지났지만 이렇게 큰 시상식에 초대된 것은 처음이었기에 무척 긴장이 되었어요. 곱게 단장을 하고 시상식을 하는 어느 대형 공연장으로 향하는 차 안에서, 스타일리스트 민경 언니가 떨고 있는 내 손을 꼭 잡아주었습니다.

공연장에 모인 수많은 사람들의 목소리와 반짝반짝 터지는 카메라 플래시, 빛나는 조명과 웅장한 무대…… 영화에 함께 출연한 배우들과 함께 레드카펫을 조심스레 걸어가 포토월의 수많은 카메라 앞에 서서 포즈를 취하는데도 내 눈 앞에 펼쳐진 이 모든 게 정말 내가 온전히 누려도 되는 것이 맞나 의심이 들 만큼 쉽사리 믿어지지가 않았어요.


공연장 객석에 자리를 잡고 앉은지 얼마나 지났을까요. 무대 옆에 왠지 낯이 익은 사람이 눈에 띄었습니다. 맞아요, 그 친구. 내가 기억하고 있는 나의 오래전 친구.

어릴 적, 나는 꿈이 많은 아이였어요.

우리가 처음 만났던 초등학교 때부터 나는 그 친구에게 하루에도 수십 번 자신의 꿈과 미래에 대해 이야기하곤 했어요. 의사, 간호사, 검사, 변호사, 경찰, 교사, 아동문학가, 시인, 승무원, 요리사, 카피라이터, 일러스트레이터, 도서관 사서 등…… 책들과 영화 속에서 만난 수많은 직업에 대해 나는 환상을 품고 있었어요. 그 직업에 대한 구체적인 역할과 목표에 대해서는 아무것도 모르면서 그저 환상만 품었던 비현실적인 꿈들.

그땐 그렇게 철저히 믿었어요. 어른이 되면 어릴 적 꿈을 얼마든지 이룰 수 있을 거라고. 우리가 지금 꿈만 꾸고 있는 건 단지 어려서일 뿐이라고.

그렇게 하늘을 날아오르며 꿈만 꾸는 나와는 달리 그 친구는 무척 현실적인 생각을 갖고 있었어요.

이제는 나도 알아요. 그 시절 내가 얼마나 철없고 허무맹랑한 환상을 품고 있었는지. 현실적인 조언을 해준 그 친구가 얼마나 현명했는지를. 하지만 그 시절 나는 그렇게 땅에 발을 딛고 서서 현실적인 이야기를 하는 그 친구가 그저 얄밉기만 했습니다.

제가 배우라는 꿈을 갖게 된 것은 열세 살 무렵이었어요.

TV에 나오는 배우들의 연기를 보면서 생각을 하게 되었죠. 저 사람들 모두 실제로 저렇게 멋있고 재미있게 사는 게 아닐 텐데, 누구나 그렇듯 살다가 힘들고 지치고 슬픈 날도 있을 텐데 배우들은 카메라 불이 켜지면 현실과는 다른 사람이 되는구나. 재벌 상속녀가 되어 마음껏 사치도 부려보고, 멋진 사람과 로맨틱한 사랑에 빠지고, 해외 이곳저곳을 자유롭게 여행 다니기도 하면서.

그래요. 무대는 내가 그토록 바라던 꿈들을 모두 이룰 수 있게 해주는 공간이었어요. 의사가 되어 사람을 살리고, 경찰이 되어 사건을 해결하고, 요리사가 되어 근사한 요리를 만들 수 있는 꿈의 공간. 내가 꿈꾸던 것이 바로 배우였다는 것을 비로소 깨달았습니다.

그래, 배우가 되는 거야.

하지만 그런 꿈을 가졌어도 도대체 배우라는 직업은 어떤 공부를 해야 하는지, 어떤 학교를 가야 하고 영화나 드라마에 출연해 연기하려면 어떻게 해야 하는지 아는 게 정말 아무것도 없었어요. 저는 그날부터 배우가 되려면 어떤 과정을 거쳐야 하는지를 연구했어요.

사실 배우가 되는 길은 여러 가지가 있는데 그때는 예술학교를 다니며 연기를 배워야 배우가 되는 거라고 믿었고 바람과는 달리 그 학교를 가지 못하는 것이 참 싫었습니다. 배우를 꿈꾸는 다른 친구들에 비해 내가 많이 뒤처진다고 생각했고, 그 탓에 열등감도 많이 느꼈어요.

우리가 초등학교를 벗어나기 전 맞이한 그곳에서의 마지막 학기.

그랬어요. 누구도 말하지는 않았지만, 졸업을 앞두고 우리는 설렘보다는 두려움이 앞섰어요. 새로 바뀐 그 낯선 공간에서 적응하지 못한 채 길을 잃고 헤매다가 인생이 망해버리는 건 아닐까, 하는 두려움.

내 꿈에 대해 이야기하면 코웃음 치며 비웃는 사람들이 많았는데, 그 친구는 내 꿈과 계획을 귀 기울여 듣고는 가만가만 고개를 끄덕였어요. 사실 그 친구도 평소에는 다른 사람들처럼 내게 '꿈 깨라'는 식의 따끔한 충고를 하곤 했었는데 그날은 달랐습니다.

그날, 나는 학원 다녀오는 길에 규호를 만났어요. 그날 우리는 놀이터 그네에 나란히 앉아 초코우유를 마시며 미래에 대해 이야기를 나눴어요. 중학교와 장래 희망과 앞으로의 계획에 대한 이야기들. 이제껏 말했던 막연한 꿈이 아닌, 구체적인 목표에 관한 이야기들.

배우가 되고 싶다고, 예술중학교와 예술고등학교에 가서 연기를 배우고 싶다고. 그리고 지금보다 좀 더 크면 서산을 떠나 서울로 가서 배우가 될 거라고.

꽤나 구체적인 내 계획에 대해 규호는 예전까지와는 달리 가만히 이야기를 듣고는 고개를 끄덕였어요. 하루에도 수십 번 바뀌던, 정말이지 꿈일 뿐이었던 꿈과는 달리 목표이자 계획이 된 꿈 이야기를 듣던 규호는 내 꿈을 응원해준 고마운 친구였어요.

"훌륭한 배우가 돼서 성공하길 바랄게. 행운을 빈다."

"고마워."

우리는 서로 손에 든 초코우유를 짠, 하고 부딪치며 괜히 어른 흉내를 내봤어요. 그 순간, 규호가 눈부시게 웃었어요. 그 미소는 정말이지, 오랫동안 잊을 수 없을 만큼 멋있었어요.

결국 예술중학교와 예술고등학교에 진학하지는 못했지만 저는 기회가 있을 때마다 연극을 보고, 드라마와 영화 속 배우들의 연기를 관찰하면서 꿈을 키웠습니다.

어느 날, 나는 길을 걷다가 담벼락에 붙은 청소년 연극제 포스터를 보게 되었어요. 그리고 그 포스터 안에는 배우 모집 오디션 안내도 친절하게 적혀 있었어요. 그 당시 살았던 서산이라는 곳에서는 제법 규모가 큰 행사였던 청소년 연극제에 참가하고 싶었던 저는 누가 말릴 새도 없이 오디션 모집에 원서를 접수하고 열심히 준비했어요.

오디션을 준비하는 동안 카페에서 규호를 만났습니다. 초등학교 때 내 꿈을 응원해줬던 고마운 친구.

초등학교 때와 다름없이 그때도 규호는 내 꿈을 무시하지 않고 응원을 북돋아 주었습니다.

청소년 연극제 오디션에 합격해 난생처음 '널 기다릴게' 연극 무대에 올라 맡은 역할은 '여주인공의 친구3'이었어요. 대사도, 지문도 길지 않은 단역이었지만 어찌나 떨리던지. 나는 무대에 오르기 전까지 심호흡을 몇 번이나 하고 나서야 비로소 무대에 첫발을 디뎠습니다.

그 황홀한 무대 위에서 저는 사람들로 들어찬 객석을 살폈습니다. 가까이서 가족의 얼굴이 보이고, 저만치서 친구들이 보였어요. 나는 수십 번 외운 짧은 대사를 읊으면서도 한번 더 객석을 둘러봤어요.

혹시라도 그 공연장 객석 어딘가에 규호가 온 것 같아서.

그 친구가 어디선가 무대 위의 나를 보고 있을 것 같아서.

하지만 많은 사람들이 모인 그곳에서 끝내 규호를 찾을 수 없었어요. 무척 아쉬웠지만, 그날 그 무대는 저에게 굉장히 특별한 경험이었습니다.

무대에서 본 관객들의 모습, 그들의 기대에 찬 반짝이는 눈빛, 고작 계단 몇 개 차이일 뿐인데 공기 자체가 뒤바뀌는 무대 아래와 무대 위의 거짓말 같은 환상적인 세상, 그 속에서 두근두근 설레는 내 심장.

배우로 데뷔한 지 4년 만에 받은 신인여우상.

축하는커녕 데뷔한 지가 언제인데 이제 겨우 신인여우상이냐고, 너도 참 어지간히 실력 없나보다고 독한 소리를 내뱉는 사람들도 있지만 그래도 저는 이 모든 것이 감사할 따름입니다.

튼튼하게 만들어진 무대 위로 올라가 화려하게 빛나는 조명 빛을 받으며 받은 신인여우상. 저에겐 그 무엇과도 바꿀 수 없는, 정말 값진 선물이었어요.

상을 받고 나니, 주책맞게 눈물이 다 나오네요.

우선 나 자신에게 고맙다는 말을 해주고 싶어요.

평탄한 길이 얼마든지 있음에도 꿈 하나만 믿고 모험을 떠나겠다는 무모한 나를 지켜봐 준 가족들도 고맙습니다. 위험한 길 위에서 용기를 잃지 않도록 내 손을 꼭 잡아준 친구들에게도 고맙다고 말하고 싶어요. 나에게 길잡이가 되어준 교수님과 힘을

준 동기들에게도 감사하다고 전하고 싶습니다.

그리고……

지금의 배우 '성이린'이 아닌, 오랜 시절 아무것도 아니었던 '박지혜'를 믿어준 그 친구에게도 지금의 감동을 전해주고 싶습니다.

무대 아래 빛이 닿지 않는 그늘진 저만치에서, 규호가 나를 보며 미소 짓고 있네요. 내가 규호를 기억하고 있었던 만큼 규호도 나를 기억하며 응원해주었으면 좋겠습니다.

어두웠던 나의 지난날에 튼튼한 땅과 밝은 빛 한 줄기를 선물해줬던 친구, 규호.

덕분에 나도 비로소 눈이 부신 날을 맞이할 수 있었어.

고마워, 나의 첫사랑.

바람이 지나가면

"이상하다. 여기가 분명히 맞는데⋯⋯."

유현은 아까부터 길가에 우두커니 서서 멀뚱멀뚱 주위를 두리번거리고만 있었다. 그때, 그녀에게 어떤 청년이 다가왔다.

"할머니, 혹시 길을 잃으셨나요?"

얼굴에 '착한 사람'이라고 적힌 듯 선한 인상의 그 청년은 유현을 부축해 파출소로 데려갔다. 두 사람의 뒤에서 해가 뉘엿뉘엿 지고 있었다.

"엄마!"

"할머니!"

"어머니!"

파출소 안 의자에 웅크리고 앉아 슈크림 빵과 우유를 마시고 있는 유현을 부르며 가족들이 뛰어 들어왔다. 그녀의 딸, 손자, 며느리였다.

"저녁 되니까 길을 못 찾겠지 뭐냐."

"몸 어디 다친 데는 없으셔? 저녁은?"

"여기 경찰 양반이 뭘 가져다주셔서 대충 먹었어."

유현의 딸 서아는 유현의 손을 꼭 잡고 눈물을 글썽거렸고, 며느리 예림과 손자 강은 유현이 다 비운 빵 봉지와 우유팩을 손에 든 채 경찰의 이야기를 듣고 있었다.

"종종 노인분들이 해 질 녘이 되면 길을 잃고 헤매고 다니세요. 그래도 할머니를 여기까지 모셔 온 학생이 있어서 할머니가 무사하셨어요. 특히 할머니가 휴대폰도 들고 계시고 기억도 제법 또렷하셔서 가족분들을 빨리 찾을 수 있었어요."

유현은 길을 잃은 사람치곤 옷차림새도 멀쩡하고 말도 똑똑히 했다. 가족들은 경찰들이 내민 테스트기에 체크를 했다. 유현이 파출소에 도착했을 때 체크했던 상피세포 유전자 테스트기였다. 딸 서아와 손자 강의 입안 상피세포에서 유현의 것과 98.7% 맞는 유전자 검사 결과가 나왔고, 친자 확인이 된 그들은 다 함께 파출소 밖을 나왔다.

"고맙습니다, 경찰 선생님."

"뭘요. 앞으로는 할머니, 해질 때면 집에 계시든지 자제분과 함께 외출하세요."

서아가 연신 경찰들에게 인사를 하며 마지막으로 파출소 문을 닫고 나왔다.

바깥 풍경은 또다시 바뀌어 있었다.

반투명 버스 안 사람들은 일자로 줄지어 앉아서 어디론가 향하고 있었다. 의자에 앉아 등에 걸쳐 양쪽 어깨에 멘 투명 안전띠가 그들을 넘어지지 않게 받치고 있었고, 사람들은 그 투명 안전띠에 편안히 몸을 기대고 앉아서 손에 쥔 휴대폰을 들여다보고 있었다. 그리고 그들의 발밑으로는 거리에 깔린 디지털 레일 바퀴가 빠르게 달리고 있었다. 서서 안전띠만 매고 가는 사람들도 더러 있었다.

"우리도 집에 가자."

"저기 오네."

"엄마, 먼저 타!"

디지털 레일 버스는 정류장에 정확히 멈춰 섰고, 그들은 일제히 버스에 몸을 실었다.

지금으로부터 30여 년 전, 디지털 레일 버스가 탄생했다.

2030년, 유현의 나이는 마흔 살이었고 그녀의 곁에는 열 살짜리 아들 서준과 여덟 살 딸 서아가 있었다. 그날 저녁, 유현의 남편 도혁은 자기 옆에 기댄 서아에게 한쪽 무릎을 내어주고 거실 소파에 앉아 커다란 벽걸이 TV의 뉴스를 바라보며 중얼거렸다.

"저거 타면 이제 출퇴근길 막힐 일은 없겠네."

"그래도 좀 무섭다. 놀이공원 롤러코스터 타는 기분일 것 같아."

"재미있을 것 같은데? 출근길이 신날 것 같아."

유현은 철없는 남편의 말에 고개를 절레절레 가로저었다. 그때, 서준이 눈을 비비며 방에서 나와 유현의 팔에 얼굴을 묻었다.

"오늘 공부한 것 검사 다 맡고 잘 준비해야지."

"좀 놀다가 잘 거야."

"다음 주에 친구들이랑 축구할 거라 그랬지?"

"응. 친구들 만나면 할 이야기가 많아."

"컴퓨터로도 매일 얼굴 보면서 또 할 이야기가 있어?"

"원래 친구들끼리는 그래. 그게 우정이야."

유현과 도혁은 서준의 입에서 나온 '우정'이라는 단어에 내심 놀랐다. 꼬맹이인 줄 알았더니 어려운 단어도 쓸 만큼 불쑥 자랐구나. 그때, TV에서 아나운서가 다시 입을 열었다.

"디지털 레일 버스의 명칭은 '바람'입니다. '바람'은 버스 최초로 서울역에서 출발해 수원역까지 13분 만에 도착할 만큼 속도가 향상된 첨단 교통시설로서, 서울 및 전국에서 운행됩니다. '바람'은 우선 시내주행을, 2031년에는 시외주행도 실시할 계획입니다. '바람'은 디지털 레일 전용도로에서 운행되며, 다음 달인 4월에 서울부터 개통되어 점차 전국에서 운행 예정입니다."

아나운서의 나긋하고 또렷한 이야기가 끝나자마자, 부부의 입에서 감탄사가 흘러나왔다. 서울에서 수원까지 한 시간이 넘게 걸렸는데 13분밖에 안 걸린다니. 서울에 직장을 두고 수원에서 출퇴근을 하던 도혁에게는 반가운 소식이 아닐 수 없었다.

"이제 저것 타고 출퇴근하면 되겠네."

"정말. 교통비도 줄어들겠다."

"세상 좋아졌다. 버스로 수원에서 서울까지 10분밖에 안 걸리고."

그때, 도혁의 무릎을 베고 자던 서아가 부스스 깨어나 그의 품에 팔을 벌려 안기며 말했다.

"아빠. 나, 방에 가서 잘래."

도혁은 서아를 안고 방으로 데려가 침대에 눕혔다. 그는 침대 헤드의 음악 버튼을 눌렀다. '숙면에 좋은 백색소음 3- 파도 소리'였다. 마치 잔잔한 파도 소리가 들리는 바닷가 호텔에서 보내는 밤 같았다.

도혁은 조명을 달빛 모드로 바꾸고, 눈을 감고 잠을 청하는 서아의 동그란 이마에 입을 맞추며 속삭였다.

"잘 자요, 공주님."

그는 언젠가 저 디지털 레일 버스 '바람'을 타고 가족들과 부산 해운대로 여행을 가야겠다고 다짐했다.


사람들의 출퇴근길 풍경이 바뀌었다.

사람들이 디지털 레일 버스 '바람'을 타고 직장과 학교 등 목적지로 향했다. 요금은 이천이백 원이었다. 그들은 새로운 문물에 대해 흥미로워했고, 또 저렴한 이용가격과 편리함에 흡족해했다.

디지털시계만큼 시간이 정확한 교통시설 '바람' 덕분에 유현과 도혁은 서울에 있는 직장에 매일 늦지 않게 출근할 수 있었다. 더 이상 예전처럼 지각했을 때 "차가 막혀서 늦었습니다."와 같은 거짓말은 통하지 않았다.

바람을 타고 날아가듯 도로를 달리는 기분은 겪어보지 못한 사람은 알 수 없었다. 유현이 걱정했던 것과는 달리 '바람'은 무척 안정감이 있었고 튼튼했다. '바람'이 운행되고 나서 그 버스에 오르내리다 길에서 다친 사람은 있어도 그 안에 타고 있다가 다치는 사람은 없었다. 전국으로 여행을 다녀오는 여행객들이 배로 늘었고, 디지털 레일 버스를 발명한 한국과학기술원 카이스트 최강학 박사(남/52세)는 그해 노벨 과학상을 수상했다.

　유현의 가족들은 '바람'을 타고 주말마다 여행을 다녔다.
　기존의 기차처럼 창밖 너머 스치는 풍경을 볼 겨를은 없었지만, 그들은 누구보다 빠르게 그곳에 도착해 숙소에 짐을 풀고, 맛집에서 별미를 맛보고, 초록 풍경과 파란 바다 곁에서 즐거운 시간을 보냈다. 낚시를 좋아하는 도혁은 아들에게 낚시를 가르쳐주었다. 서준아, 낚시는 세월을 낚는 것이란다. 남자는 시간을 손으로 잡을 줄 알아야 해. 그렇게 시간을 잡아서 기회를 스스로 만들 줄 알아야 진정한 남자가 되는 것이란다. 아빠 곰처럼 큰 덩치의 도혁 곁에 앉은 자그마한 새끼 곰 같은 서준은 아빠의 말이 도무지 무슨 뜻인지 이해할 수 없었다. 하지만 도혁은 그 시간이 무엇과 비교할 수 없을 만큼 좋았다. 자기 말을 듣는 둥 마는 둥 딴청을 피우며 하릴없이 자갈을 바닷물에 풍당풍당 던지는 서준을 보며 도혁은 미소를 지었다. 아들아, 지금은 네가 아직 어려서 아빠가 하는 이야기가 무슨 뜻인지 이해할 수 없을 거야. 하지만 시간이 흐르고 네가 지금의 아빠만큼 어른이 되면, 어릴 적 그날 '바람'을 타고 갔던 부산 기장에서 아빠가 지금 하고 있는 이야기를 진심으로 이해하는 날이 올 것이다. 오늘의 눈부신 햇살과 흐르는 바닷물과 가족들 그리고 바람을 부디 기억해다오, 사랑하는 아들아.

도혁은 마음속으로 자신이 하는 말에 도리어 스스로 감동받아 울컥, 눈시울이 붉어졌다. 유현은 연애 시절 때도 툭하면 눈물을 흘리던 도혁의 감성적인 모습에 반해 결혼까지 하게 되었지만 그가 이토록 넉넉한 눈물의 소유자인 줄은 몰랐다. 또 제 생각에 젖어 우네. 유현은 도혁이 한심하면서도 한편으로는 좀 짠했다. 그날 밤, 유현의 가족들은 모래사장 위에 일찌감치 설치한 4인용 텐트 안에 나란히 누워서 잠을 청했다.

"서준이, 서아는 오늘 뭐가 제일 재밌었어?"

"아빠랑 낚시하면서 물고기 잡았을 때!"

"난 엄마랑 바닷가에서 예쁜 조개껍데기 주웠을 때!"

"우리 서준이, 서아 집에 가면 꼭 일기 써야 돼. 오늘을 꼭 기억하자. 엄마도 너무 행복해."

"자고 나면 아침은 라면 먹고 올라가자."

텐트 너머 바다가 불러주는 고요한 자장가가 끊임없이 들려왔다. 침대 헤드에 설치된 인공적인 파도 소리와는 다른, 자연의 목소리였다. 유현은 졸린 눈을 깜박거리며 파도 소리에 귀를 기울였다. 이 시대에 아이들을 키울 수 있게 된 건 정말 신이 주신 행운이야. 나는 이미 다 커버렸지만 우리 아이들을 데리고 함께 여행도 마음껏 다니고, 아이들에게 보다 더 넓은 세상도 보여줄

눈이 부신 날

수 있게 됐잖아. 바람에게 정말 고마워해야 해. 첨단기술, 고맙다. 유현은 온몸을 감싸는 파도 소리에 편안하게 파묻혀 단잠에 빠져들었다. 도시의 높은 아파트에서는 만날 수 없는 달콤한 숙면이었다.

부러울 것이 없었던 나날들은 눈 깜짝할 새 흘러가 버렸다.

서준은 열 살 소년에서 스무 살 청년으로 자라나 있었다. 초, 중, 고등 교육과정을 모두 온라인수업으로 마스터한 서준은 이제 대학교에 가야 할 나이가 되었지만 군대부터 다녀온 후에 대학에 진학해도 늦지 않을 것 같다는 결정을 내렸다.

유현은 서준의 선택에 극구 반대했다.

"군 복무 기간은 이제 5개월밖에 안되는데 대학 1년 정도 다녀보고 군대를 가면 되잖아. 군 복무가 그렇게 하고 싶니?"

"나는 학교도 좋지만 군대에 가서 사람들과 부대끼며 지내보고 싶어. 어차피 대학교도 초, 중, 고와 마찬가지로 온라인이잖아. 초, 중, 고등학교 수업을 방에서 혼자 들으면서 내가 얼마나 외로웠는지 알아? 나는 좀, 사람들이랑 어울리면서 살면 안 돼?"

"그건 그렇지만……."

"엄마도 그 시대에 어린 시절, 젊은 시절을 보내봐서 알 거야. 우리가 사는 데 편리함만 중요한 게 아니라 서로 체온을 나누고 눈을 마주치며 이야기하는 게 얼마나 따뜻한 경험인지를."

마치 엄마가 반박하지 못하도록 미리 준비한 것처럼 야무지고 단호하게 자기주장을 말하는 서준을 보며, 유현도 더 이상 서준을 다그치지 못했다.

학창 시절 얌전히 책상 앞에 앉아 컴퓨터로 온라인수업을 들으며 공부하는 서준을 문밖 너머로 지켜보면서 유현은 얼마나 흐뭇해했던가. 하지만 서준의 그 의젓한 뒷모습 너머로는 오래 묵혀 고약한 냄새가 나는 외로움이 자리 잡고 있었다. 유현은 서준의 외로움을 미처 깨닫지 못했다. 서준의 방과 맞은편 방에 있던 서아 또한 서준과 같은 마음일 것이었다. 감성적인 아빠를 닮아 어릴 적부터 문학을 좋아하고 작고 예쁜 구슬이나 반짝거리는 조개껍데기를 좋아했던 서아는 어쩌면 서준보다 더 힘든 사춘기를 겪었을지도 모를 일이었다.

유현에게도 학창 시절이 있고, 사춘기 시절이 있었다.

자신을 알지도 못하는 아이돌 가수에게 열광하고, 등하굣길에 마주치던 얼굴이 뽀얀 남학생을 몰래 짝사랑했으며, 속상한 날이건 기념할 날이건 상관없이 친한 친구들과 함께 시내로 나가 거리를 활보하며 길거리에서 파는 어묵을 사 먹고 머리핀을 사서 단발머리에 끼던 그 시절들이.

유현네 부부는 상의 끝에 대입보다 군 복무부터 먼저 하고 싶어 하는 서준의 선택에 찬성을 해주었다.

서준은 강원도 태백에서 5개월간의 군 복무를 하면서 인생의 어느 때보다 크나큰 자유를 느꼈다. 집에서 자고 싶을 때까지 자다가 스멀스멀 일어나 대충 밥을 챙겨 먹고 멍하니 TV를 보거나 게임을 하다 적당한 시간이 되면 자기 방으로 가서 컴퓨터로 온라인수업을 듣던 집돌이 생활은 서준에게 결코 자유로운 생활이 아니었다. 자유는 자기가 마냥 하고 싶은 대로 하는 것이 아니었다. 누구나 생각의 차이가 있겠지만, 서준에게 있어서 '자유'는 어느 정도의 정해진 '규칙'이 있어야 비로소 편안함을 느낄 수 있는 종류의 것이었다.

서준은 군 복무를 하면서 1년간의 재수 생활 후 제주도에 있는 기숙사가 딸린 대학교에 입학했다. 그곳은 온라인 강의를 진행하는 기존의 학교와는 달리 교수님과 학생들이 건물에 모여 오프라인 강의를 하는 대학교였다. 가끔 유현이 서준에게 전화를 걸면, 서준은 어릴 때도 드러내지 않던 밝고 천진난만한 목소리로 말하곤 했다.

"준아, 혼자 생활하느라 힘들지 않아?"

"아니, 여기 진짜 너무 좋아! 밥도 잘 먹고, 오프라인 강의도 진짜 재미있어. 친구들도 많이 사귀었고."

"그래, 필요한 것 있으면 엄마한테 말해. 밥 잘 챙겨 먹고……."

"엄마, 나 지금 친구들이랑 서핑하러 바다로 가야 돼! 엄마도 잘 지내!"

"서준아, 잠깐……."

유현이 다음 말을 하기도 전, 서준은 전화를 끊었다.

마음만 먹으면 유현은 아들 서준이 사는 곳 제주도로 '바람'을 타고 잠깐 다녀올 수도 있었다. '바람'이 생기고 나서 여수와 제주를 잇는 다리가 생겨서, '바람'을 타고 약 1시간만 달리면 수원에서 제주까지 빠르게 이동할 수 있었기 때문이다. 그러나 유현은 서준의 기숙사로 찾아가 일일이 참견하고 싶지 않았다. 아무리 규칙이 정해진 학교 기숙사라 할지라도 그 나이 또래 남자애들이 모여 어떻게 생활하는지는 안 봐도 빤했다. 그곳에서 빨래와 식습관, 청소 하나하나까지 서준에게 잔소리를 늘어놓는 자신의 모습이 눈에 선했다. 유현은 고개를 절레절레 흔들었다. 그녀는 그런 극성스러운 엄마가 되고 싶지 않았다.


서준에 이어 서아도 대학교를 오프라인 수업이 열리는 대학으로 가길 원했다. 서아가 가고 싶은 곳은 뉴질랜드였다. 한국에서 뉴질랜드까지 비행기로 10시간 걸린다는 말은 이제 옛말이었다. 이제 한국과 뉴질랜드는 비행기로 1시간이면 충분히 왕복이 가능했다. 서아는 그곳의 깨끗한 자연 속에서 환경공학을 전공하고 싶다고 했다.

유현은 서준처럼 서아도 유학을 보냈다.

생각해보면 불쌍한 아이들이었다. 유현과 도혁이 어릴 적에는 아침에 눈만 뜨면 밖으로 나가 친구들과 구르고 달리며 뛰어노는 것이 일과였다. 공부는 당연히 학교에서 친구들과 선생님과 한 교실에서 얼굴을 마주보며 하는 것이었다. 여행을 가려면 가기 전 미리 이동시간까지 고려해 일정을 짜는 것이 여행의 기본이자, 그렇게 계획을 만드는 것이 여행 중 가장 설레는 순간이었다.

하지만 아이들이 겪은 유년기와 청소년기에는 그런 장면이 없었다.

혼자 방에서 컴퓨터의 온라인 강의로 공부를 하고, 친구들과도 학교에서 마주칠 일이 없고, 여행을 간다고 하더라도 간단히 가방만 챙겨 '바람'에 몸을 실으면 그만이었다. 친구들과 어딘가 바람 쐬러 가자는 약속에도 그것에 '준비 과정'은 사라졌다.

그때서야 사람들은 깨달았다. 최첨단 기술이 생긴 자리에 무엇이 사라졌는지를.

그러던 어느 날이었다.

도혁이 퇴근길에 '바람'을 타고 내려 정류장에서 집으로 걸어 오던 중 갑자기 날아든 택시에 부딪혔다. 교통사고였다. '바람' 이후 운행된 택시 '도요새'는 디지털 레일이 아닌 공중에 살짝 뜬 채 빠른 속도로 날아다니는 교통수단이었다. 그것은 많은 사람들이 다 같이 이용하는 '바람'보다는 개인주의 성향을 가진 이들이 요금을 더 들여서라도 많이 이용하는 택시였다. '도요새'는 빠르고 일반도로에서도 달릴 수 있어 접근성이 용이한 반면, 장애물 인지기능이 약해서 사물이나 사람을 들이받는 사고가 종종 일어났다. 속도가 빠른 '도요새'가 사람을 친 사고로 그 사람이 입는 부상은 대개 치명적이었다. 도혁을 치고 그대로 달아난 '도요새' 또한 그러했다.

저녁 7시, 그날은 저녁에 TV에서 월드컵 생중계를 하는 날이 었다. 사람들은 모두 일찌감치 피자와 치킨 같은 음식들을 휴대폰 버튼 한 번으로 주문하고 집 앞 TV 앞에 모여 있었다. 그 시간, 가족들과 월드컵 생중계를 보고 싶었지만 밀린 주문을 받고 있던 치킨집 사장은 배달용 드론마저 말을 듣지 않아 투덜거리며 드론 조종기를 들고 밖으로 나왔다가 길가에 쓰러진 도혁을 발견했다. 치킨집 사장은 급히 119에 신고를 하고 도혁의 휴대폰 최근기록으로 가장 많이 남겨진 '마누라' 이름으로 전화를 걸었다. 집에서 남편을 기다리고 있던 유현은 연락을 받고 너무 놀라 버선발로 집 앞 거리로 뛰어나왔다. 잠시 후, 응급환자 전용 차량이 도착하고 구급대원들이 무척 가볍고 안정감 있는 아크릴 들것을 들고 뛰어왔다. 들것에 실린 도혁은 응급환자 전용 차량 '119 바람'을 타고 서울의 큰 병원으로 옮겨졌다.

유현은 '바람'이 운행되고 20년 동안 이 교통시설을 이용했지만, 응급환자 전용 '바람'을 탄 건 처음이었다. 응급환자 전용 '바람'은 기존의 구급차와 비슷하게 생겼지만, 그것 또한 말 그대로 '바람' 즉, 디지털 레일 버스였다. 단, 기존의 '바람'보다 속도가 더 빨라 환자를 더욱더 신속하게 이송할 수 있는 기능형 '바람'이었다. 기존의 '바람'에도 쏜살같이 스쳐 지나가는 주변 풍경을 보고 어지럼증을 호소하거나 기절하는 승객들을 위해 바깥 풍경이 보이지 않도록 칸막이가 설치된 구역이 있었지만 응급환자 전용 '119 바람'은 버스에 달린 구역이 아닌 아예 따로 분리된 특수 차량이었다.

유현의 신고를 받고 달려온 119 구급대원은 도혁을 들것에 실어 '119 바람'에 실었다. 유현은 의식을 잃은 채 각종 의료 장치를 끼고 누워 있는 도혁의 손을 꼭 잡고 마음속으로 간절히 기도했다. 요즘은 이전에 살던 세상과는 달라. 남편의 몸도 금방 고칠 수 있을 거야. 온갖 희귀암도 고성능 중입자 가속기로 1년 만에 고치고, 걷지 못하고 손가락 하나 꼼짝할 수 없었던 장애인도 줄기세포 치료로 온전하게 움직일 수 있도록 만드는 시대잖아. 남편 몸도 금방 나아질 거야. 감기처럼, 간단히 나을 거야.

하지만 그것은 유현의 생각에 불과했다. 도혁은 10분 만에 세브란스병원 응급실에 도착했지만, 그의 몸은 이미 망가질 대로 망가져 있었다. 의사가 말했다. 아마도 길에 쓰러져 있던 시간이 많이 지체된 모양입니다. 일단 저희가 할 수 있는 최선을 다해보겠습니다.

아무리 기술이 좋아졌다 하더라도 죽음에 맞닿아 있는 사람을 살리는 최첨단 기술은 없었다. 유현의 연락을 받고 허겁지겁 '바람'과 비행기를 타고 병원으로 달려온 서준과 서아는 점점 싸늘하게 식어가는 도혁의 손과 얼굴을 연신 쓰다듬었다. 도혁은 인생의 마지막에 이르러서야 비로소 가족이 다시 함께하게 된 것에 그저 감사했다. 그날 새벽, 도혁은 가족의 온기 안에서 평온하게 눈을 감았다.

시간은 흐르고 흘렀다.

유현이 나이를 먹는 만큼 아니, 그보다 더 빠른 속도로 세상이 바뀌었다. 스마트폰, 스마트TV, 디지털 레일 버스에 신기해하고 놀라워하던 시대는 이미 옛날이었다. 학교는 온라인교육으로 통일된 것은 물론이거니와 수업을 진행하는 교사 또한 사이버 교사로 대체되었다. 극장에 가면 여럿이서 큰 스크린을 보는 것이 아니라 작은 룸 안에 들어가 7D 좌석에 앉아 7D 헬멧을 착용하면 마치 영화 속에 빨려 들어가 그 상황의 또 다른 인물이 된 듯 환상적인 스토리를 체험할 수 있게 되었다. 아무리 중증의 환자라도 골든타임을 넘기지만 않으면 첨단 의료기술을 통해 곧 빠른 속도로 건강을 회복할 수 있었다. 성적 욕구도 완벽히 해소시켜 줄 8D 로봇이 있어 가까운 디지털 모텔에 가서 자기 취향에 맞는 모델을 선택하기만 하면 어디선가 실물에 가까운 8D 로봇이 주문한 캐릭터의 모습으로 나타나 함께 실제와 98% 흡사한 황홀한 체험을 즐길 수 있게 되었다.

사람들은 기계가 인간을 초월하는 시대가 마침내 오고야 말았다고, 결국 컴퓨터가 인간을 앞질렀다고 희망과 절망이 반반 섞인 목소리로 말했다. 그러나 그렇게 완벽할 것만 같았던 첨단 기술의 부작용 또한 종종 발생했다.

컴퓨터 화면 속 학교 수업은 지식은 분명히 전달해주었지만 한 교실에 함께 수업을 진행하며 섬세하게 지도하는 방식은 아니었다. 학우들과 도란도란 모여 함께 공부하는 재미도 느낄 수 없었다. 네 번째 줄에서 휴대폰 게임하는 까까머리, 칠판 앞에 나와서 이 문제 풀어봐. 선생님 생신 축하드립니다. 이건 저희가 다 함께 준비한 선물이에요. 영수야, 수업 다 끝나면 노트 좀 빌려줘. 내가 다음에 떡볶이 쏠게. 그룹 스터디 형식의 수업은 이제 역사의 저편으로 사라졌다.

8D 로봇과 1인 가구를 위한 식품과 서비스 등 혼자 살아도 전혀 불편하지 않은 시대에 도래한 2058년, 유현은 68세가 되었다.

서준은 마음에 맞는 짝을 만나 결혼을 하고 손자 '강'을 낳았지만, 서아는 웬일인지 결혼할 생각이 없는 것 같았다. 서아의 친구들 중에서는 결혼은 하지 않았지만 자녀가 있는 친구들이 몇몇 있었다. 남자와의 결혼은 원치 않아도 엄마는 되고 싶었던 친구들이었다. 그녀들은 기증된 정자로 인공수정을 해서 임신과 출산을 했다.

서아는 임신을 원하지는 않지만, 그녀도 여자인지라 가끔씩 남자와의 화끈한 잠자리가 그리웠다. 서아는 그런 날이면 퇴근길에 혼자 디지털 모텔로 들어가 방을 잡고 방 안에 구비된 태블릿 PC로 캐릭터를 주문해 8D 로봇과 섹스를 즐겼다. 그날 또한 퇴근길에 디지털 모텔을 방문한 서아는 취향에 맞는 주문과 동시에 나타난 근육질 몸매의 섹시한 남성 8D 로봇과 함께 침대 위에서 한바탕 뜨거운 시간을 즐기던 중이었다. 멋진 8D 로봇과 침대 위에서 한창 희열에 빠져있을 때쯤, 느닷없이 휴대폰이 울렸다. 로봇의 몸에 깔려있던 서아는 인상을 찌푸리며 팔을 뻗어 정신없이 울리는 전화를 받았다. 유현이었다.

"응, 엄마."

"서아야, 지금 어디니?"

"나, 지금 회산데."

"아직 퇴근 안 했어? 직원 퇴근 시간 안 지켜주면 사장 벌금이잖아."

"그건 그런데…… 사실 퇴근하고 친구 집에 놀러 왔어."

"그래? 친구가 개를 키우나 보네. 개 숨소리가 거칠구나."

"근데 엄마, 나한테 왜 전화했어?"

"서아야, 어떡하니……."

"엄마, 왜 그래?"

그때서야 심상치 않은 기운을 감지한 서아는 자신을 안고 있는 8D 로봇을 쓱, 밀치고 상체를 일으켜 앉았다.

"엄마가, 여기가 어딘지…… 모르겠다."

서아는 순간 덜컥, 겁이 났다. 후끈 달아오른 열기 탓에 온몸의 흥분이 가라앉지 않은 상태였다.

"그게 무슨 소리야?"

"내가 길을 잃었어."

서아는 자신의 벌어진 두 다리 사이에 숨을 헐떡이며 머리를 박고 있던 8D 로봇을 발로 뻥, 차고 허둥지둥 옷을 챙겨 입고 디지털 모텔을 뛰쳐나갔다.

그날, 서아가 유현을 발견한 곳은 옆 동네 어느 클럽 앞이었다. 그 건물은 낮에는 미술학원이었지만 밤이 되면 '디지털 체인지'라는 최첨단 건축 시스템을 통해 음악과 술과 춤의 공간인 클럽이 되는 곳이었다. 유현은 디지털 레일이 이리저리 깔려 순식간에 변하는 길과 낮과 밤이 다른 모습으로 변하는 건물 앞에서 엉거주춤 쭈그리고 앉아 서아를 기다리고 있었다. 버스에서 내린 서아는 어느새 초라하게 작아져 버린 유현에게 달려갔다.

"엄마!"

"서아야."

"엄마, 여기…… 왜 이러고 있어?"

"산책하고 싶어서 나왔는데, 해 질 녘이 되니까 길이 다 변해 버리잖아. 그래서 길을 잃어버렸어."

유현은 멋쩍은 듯 괜스레 자기 뒤통수를 긁적였다. 서아는 그런 엄마를 보며 그만 코끝이 찡해졌다.

"엄마, 집에 가자."

눈이 부신 날

서아는 유현을 일으켜 세우고 '바람'에 함께 몸을 실었다.


유현은 어릴 적, 길을 자주 잃어버리던 아이였다.

친구들과 골목에서 술래잡기를 하다가, 소독차를 따라가다가, 멍하니 생각에 빠져 하염없이 걷다가 길을 잃기 일쑤였다. 길을 가다 문득 정신을 차리고 고개를 들어보면, 유현은 낯선 풍경에 휩싸여 있었다.

낯선 길 위에 해는 뉘엿뉘엿 저물어가고, 사람들은 골목 속 각자의 집으로 돌아갔다. 담장 너머 보이는 집의 창문 안에는 왁자지껄한 TV 소리와 그 집 가족들의 목소리가 섞여 나왔다. 유현은 덜컥 겁이 났다. 이렇게 아무 준비도 없이 가족들과 영영 헤어져 낯선 길 위에서 바람처럼 떠돌아다니며 살아야 할지도 몰라. 그때였다.

"유현아!"

골목 저 너머에서 익숙한 목소리가 들렸다. 유현은 급히 뒤를 돌아보았다.

엄마였다.

붉게 번져가는 노을 너머 바람을 뚫고 긴 치마를 펄럭이며 달려오는 그림자는, 분명 유현의 엄마였다. 그때서야 유현의 동그란 눈에서 눈물이 왈칵, 쏟아져 나왔다. 유현은 목이 메여 간신히 터져 나오는 목소리로 외쳤다.

"엄마! 나 여기 있어!"

유현은 눈물을 펑펑 쏟아내며 엄마에게 뛰어갔다. 유현의 엄마는 잃어버릴 뻔했던 딸을 향한 다행스러움과 걱정과 사랑을 담아 유현을 안고 아이의 좁다란 등짝을 찰싹 때렸다.

"엄마가 집 앞에서만 놀라고 했잖아! 왜 여기까지 왔어! 무슨 일 당하면 어쩌려고!"

"걷다보니까 여기까지 왔어."

그때, 유현의 엄마는 아직 어리기만 딸을 엄하게 꾸짖다가 유현의 어깨를 잡고 눈물이 그렁그렁 맺힌 아이의 눈을 똑바로 바라보며 단호하게 말했다.

"다음에는 길을 잃으면, 헤매 다니지 말고 그 자리에 가만히 서서 기다리고 있어. 그럼 엄마가 데리러 올 테니까."

유현은 아무 말도 못하고 그저 고개만 끄덕였다. 유현의 엄마는 길을 헤매느라 퉁퉁 부어오른 딸의 종아리를 물끄러미 바라보다, 유현에게 자신의 여윈 등을 내밀었다. 유현은 엄마의 등에 풀썩, 업혔다.

"집에 가서 밥 먹자."

유현은 그때서야 화가 누그러진 엄마의 목소리를 들으며 엄마의 등에 기대어 스르륵, 잠이 들었다. 그날 저녁, 엄마의 등에 업혀 졸음의 무게에 겨우 뜬 눈꺼풀 사이로 보던 어스름한 저녁 풍경은 혼자 불안하게 길을 헤맬 때와는 달리 편안하고 따뜻했다.

00년대 이후 태어난 세대들은 스마트폰, 컴퓨터, 디지털 레일 교통시설 등 첨단시스템에 금방 적응했다. 00년대 이전 세대에게 첨단시스템은 기존의 시스템을 모두 잊고 다시 새로이 익혀야 할 문물인 반면, 00년대 이후 세대들에게 있어 첨단시스템은 백지인 상태에서 익히는 것과 같았다. 어릴 때 한국어부터 배운 사람이 다 커서 영어를 배우는 것과 아기 때 영어부터 배운 사람과 흡사한 차이였다.

2058년 즈음부터 유현과 같은 증상을 보이는 이들이 늘어났다. 그들과 같은 증상을 겪는 연령대는 대개 80~90년대에 태어난 60~70대였고 많게는 80대 이상의 노인들도 그런 증상을 보이는 것으로 나타났다. 의사들은 그런 증상을 '바람 치매'라고 명명했다.

그들의 어린 시절의 길이란, 고정된 위치에서 사람이나 짐승, 자동차, 배, 비행기 등이 왕래하는 공간이었다. 사람들은 그 길을 걷고, 길 위에서 만나고, 길 위에 건물을 짓고 그곳을 오갔다. 길 건너 버스정류장에서 만나자. 역에서 쭉 이어진 길을 걸어오면

바로 보이는 초록 대문집이 우리 집이에요. 거기 잠깐만 기다리고 있어, 내가 그리로 갈게.

길을 몇 번이나 잃고, 또 그만큼 다시 돌아온 유현은 같이 살고 있는 아들 서준에게 꾸중 섞인 잔소리를 들었다.

"해가 질 것 같으면 꼭 집에 돌아와야 해. 저녁에 나갈 일이 있으면 며느리도 있고 강이도 있으니 시켜. 괜히 어두운 데 나가지마. 알았어?"

유현은 면목이 없어 서준의 얼굴도 똑바로 보지 못한 채 고개만 끄덕였다. 어린 시절의 서준이 저녁까지 어스름이 깔린 골목에서 놀고 있으면 자신이 서준에게 했던 잔소리와 비슷했다. 저녁식사를 먹는 둥 마는 둥 절반이나 남긴 유현은 피곤하다는 핑계를 대며 일찌감치 자기 방으로 향했다.

유현의 방은 연한 하늘색 벽지로 도배되어 있었고, 침대와 책들이 꽂힌 책장과 컴퓨터가 놓인 책상, 붙박이장과 벽걸이 TV 그리고 작은 화장실이 붙어 있었다. 제법 큰 사이즈의 방에는 커다란 베란다도 있었다.

침대에 걸터앉은 유현은 베란다에 쳐있는 베이지색 커튼을 멍하니 바라보며 주문을 외듯 작게 읊조렸다.

눈이 부신 날

"열어."

유현의 힘없는 목소리를 듣고 닫혀있던 커튼이 스르륵, 양쪽으로 열렸다. 유현은 다시 "열어."라고 말했고 커튼 밖 베란다 문도 스르륵, 열렸다. 유현은 침대에서 몸을 일으켜 베란다로 저벅저벅 걸어갔다.

베란다로 걸음을 옮긴 유현은 손으로 직접 바깥 창문을 열었다. 창문에도 커튼이나 베란다 문처럼 AI 시스템이 내장되어 있었지만 유현은 굳이 주문을 걸지 않았다.

여름이지만 밤이 깊어 안으로 스며드는 공기는 시원했다. 유현이 사는 집은 아파트 30층이었다. 보기만 해도 아찔한 거리가 유현의 눈에 비쳤다. 길은 언제나 그랬듯, 어디론가 달리고 있었다. 30여 년 전, 시행된 디지털 레일 버스 '바람'은 점차 발전해 수원에서 서울까지 3분밖에 안 걸리는 가까운 거리가 되었다. 수원에서 1시간 40분 걸려 여행했던 부산도 28분 만에 도착할 수 있는 시대가 되었다. '바람'은 사고를 대비해 안전 장치가 견고하게 설치되었고 24시간 밤낮없이 움직였다. 그것이 발전되는 만큼 국내선 비행기와 일반버스, 지하철 등 기존의 대중교통은 점차 사라져갔다.

그녀가 내다본 창밖의 밤은 빠르게 스쳐 지나가는 디지털 레

일 버스 '바람'의 불빛만이 잠시 반짝이다 이내 사라졌다. '바람'
이 지나간 길에는 아무도 없었다. 바람이 지나가면 그 길에는 어
떤 기억이 남을까. 아무도 없는 텅 빈 길처럼, 아무 기억도 남지
않을까.

　　유현은 창문 너머 보이는 말끔하게 닦인 길 위로 손을 뻗어 무
언가를 잡으려는 듯 아귀를 움켜쥐었다 펼쳤다.
　　유현의 손에는 아무것도 잡히는 것이 없었다.
　　아무것도 없었다.

1%의 로봇

요즘에는 새벽 다섯 시쯤 일어나요.

내 몸이 그렇게 바뀌어 버린 건지, 꼭 그 시간에 깨더라고요.
아뇨. 불편한 건 없어요.

8년 전의 나와는 완전히 다른 내가 되었다는 걸 스스로도 느끼고 있으니까요.


8년 전, 그 전의 나를 떠올리면 몸서리칠 정도로 무서워요. 그
어떤 지독한 약으로도 잠재우지 못하는 끔찍한 통증과 숨통을
조이는 압박감…… 그리고 병상에 누워 고통에 몸부림치는 나를
도무지 어찌할 도리가 없어 그저 무력하게 나를 바라보던 가족
들. 그 모든 것이 고작 10년도 안 된 일이네요.


지금은 2051년입니다.

내가 태어난 지도 스물여덟 해가 되었어요.

저도 어릴 때부터 몸이 약한 건 아니었어요.

잘 넘어지고 다치긴 했지만, 그저 내 타고난 성격이 덤벙거려서 그런 줄 알았어요.

초등학교 6학년 때 봄, 친구 지나와 나란히 길을 걷다가 내가 갑자기 쓰러졌어요. 지나는 얼마나 놀랐을까요. 그때 내가 쓰러지며 길바닥에 부딪혀 생긴 제법 큰 흉터가 얼마 전까지도 왼팔에 새겨져 있었어요. 지금은 레이저로 그 흔적을 다 지웠지만.

쓰러져 정신을 차리지 못하는 나를 보고 지나는 급히 119를 불렀고, 가족들과 함께 간 병원에서 여러 검사 끝에 나는 뇌종양 진단을 받았어요.

그 후, 수술도 받고 치료도 열심히 받아서 정말 다행히도 완치를 했어요.

다시 돌아온 학교는 교복을 입어야 하는 중학교였죠.

그것도 사흘에 한 번만 오프라인 수업이었고 나머지는 온라인수업이었지만, 저는 건강해져서 다른 친구들과 같은 열다섯 살 인생을 사는 게 좋았어요. 학창 시절을 마냥 행복한 시간으로 기억하는 건 친구들 중에서 아마 나밖에 없을 거예요.

눈이 부신 날

그렇게 내게 산뜻한 봄날만 펼쳐지리라 기대했던 어느 날, 대학교 강의실에서 또다시 저는 코피를 쏟으며 쓰러졌습니다. 온라인 강의를 하다가 오랜만에 오프라인 강의를 하는 날이라 평소 잘 안 입는 하얀 원피스를 입고 갔던 그날.

붉은 핏물이 코에서 쏟아지다 못해 얼굴과 원피스를 흠뻑 뒤덮은 나를 들쳐 업고 밖으로 뛰어나가 사람들에게 도와달라고 외친 사람은, 당시 남자친구였던 동기였어요. 지금요? 지금은 헤어진 지 오래됐죠.

다시 눈을 뜬 곳은 병원이었어요.

내가 몇 년 전, 치료를 받았던 그 병원이요. 정말 두 번 다시는 오고 싶지 않은 곳이었는데. 그곳에서 뇌종양 재발 판정을 받았습니다. 완치 판정을 받은지 근 5년 만의 일이었어요.

하늘은 왜 이렇게 나를 못살게 구는 걸까요.

도대체 나 따위가 뭐라고 나를 이토록 아프게 하는 건지……
완치 이후로 다니던 교회에서는 잊지 않고 감사하다는 기도를 드렸었는데, 그땐 정말 신을 원망하게 되더군요.

처음 뇌종양이 발병했을 땐 뇌에만 집중적으로 종양이 있어서 그곳을 수술한 후 그 부위에만 방사선을 쬐면 되는 거였어요.

그런데 두 번째는 달랐습니다. 머리, 목과 위, 심장, 폐, 간······.
나도 모르는 사이, 생각지도 못한 온몸 곳곳에서 암세포가 퍼져
있었던 거예요.

그래도 희망을 갖고 치료에 임했지만, 상태는 점점 나빠졌습
니다. 저는 매일매일 좁은 병실에서 끔찍한 고통과 함께 나뒹굴
며 죽음의 문 앞에 점점 가까이 다다르고 있었어요.


어느 날, 주치의 교수님이 내게 치료법을 권하셨어요.

"장누리 씨, 치료법이 하나 있긴 한데······ 이 방법은 학회에
보고된 지 얼마 안 돼서 우리나라뿐만 아니라 세계적으로도 시
도하는 병원이 적어요. 그런데 장누리 환자분이 원하신다면 최
대한 위험성을 줄이고 시도할 수도 있습니다."

"그게, 뭔데요?"

"바로······ 환자분의 인체 일부를 로봇으로 바꾸는 것입니다."

저는 가족들과 이야기를 나누고 며칠 밤을 지새워 고민한 끝
에 중대한 결정을 내렸습니다.


네, 맞아요.

저는 사이보그가 되기로 했습니다.

그 당시 나의 몸은 한 치 앞도 보이지 않을 만큼 죽음에 가까

워진 상태였어요. 그 어떤 독한 약물조차 말을 듣지 않고 어떤 날카로운 칼로도 도려낼 수 없는 거대한 암 덩어리가 나를 금방이라도 집어삼켜 버릴 듯 붉은 아가리를 벌리고 있었죠.

　내가 차디찬 수술실에서 받은 수술은 암세포가 번진 뼈와 장기를 도려내고 건강한 인공장기로 갈아 끼우는 수술이었습니다.
　수술실에 들어서기 전, 문 앞에서 엄마와 아빠는 내 손을 꼭 잡고 떨리는 목소리로 말씀하셨어요. 수술 다 마칠 때까지 이 문 앞에서 기다리고 있을 테니까, 너는 아무 걱정 말고 수술 받고 나와. 건강해지면 그동안 못했던 것 맘껏 하고 살자, 우리 딸.
　문이 열리고 수술실 안에 놓인 수술대에 누워 있는 내 얼굴에 산소 호흡기를 끼우기 전, 긴장해서 입술까지 새파랗게 질린 나를 둘러싼 의료진들이 한마디 해주셨어요.
　"떨리세요?"
　"네. 너무 무서워요."
　"안심하세요. 수술 끝나고 나면 장누리 환자분은 다시 건강을 찾을 수 있을 거예요."
　"혹시 이보다 더 나빠질 확률은 없나요?"
　"저희는 대한민국뿐만 아니라 세계 최고의 의료기술을 보유한 의료진입니다. 저희를 믿으세요."

헤어 캡과 마스크를 쓴 의사와 마지막 대화를 나누고 산소마스크를 썼습니다. 10, 9, 8, 7, 6……. 의사 선생님이 시킨 대로 숫자를 거꾸로 세던 저는 1까지 미처 다 세기도 전에 순식간에 희미한 의식의 저편으로 잠시 떠났습니다.

내가 다시 눈을 떴을 때, 내 옆에 서서 링거를 체크하고 있던 간호사가 나와 눈이 마주치자마자 화들짝 놀라 눈을 크게 뜨며 소리치며 간호사실로 냅다 뛰었습니다.

"선생님! 장누리 환자분 깨어나셨어요!"

알고 보니, 나는 수술을 마치고 나와서도 한 일주일쯤 의식을 차리지 못했다고 해요. 내가 받은 수술은 무려 10시간이 넘게 걸리는 대수술이었고, 암세포가 덮쳐 제 구실을 하기 어려웠던 기존의 몸 일부분을 버리고 인공장기로 장착된 사이보그로 다시 바꾸는 것은 그저 기계 부품을 갈아 끼우는 것과는 비교할 수도 없을 만큼 엄청난 의식이었던 거죠.

중환자실 병상에 누워 일주일이나 의식 없이 누워있다 깨어난 나를 본 의료진들은 마치 올림픽 금메달이라도 딴 국가대표 선수처럼 기뻐했습니다. 그들은, 내가 오랫동안 혼수상태에서 깨어나지 못하는 것을 보며 수술 중 자신들이 미처 체크하지 못하고 지나친 부분이 있을까 노심초사하고 있었다고 해요.

수술은 성공적이었습니다.

아팠을 때는 밥 한술은커녕 물 한 모금도 제대로 삼키지 못했던 내가 수술 이후 더 이상 아프지 않고 맛있게 밥을 먹고 시원하게 물을 들이켜는 모습을 보며 가족들은 눈물을 흘렸죠.

저는 투병하면서 극심한 통증에 시달려 잠을 이루지 못하는 밤이 많았는데, 수술을 받고 나서 너무나도 편안하게 잘 수 있었어요. 빠른 속도로 회복되어가는 나를 취재하러 방송국에서 병원을 찾아오기도 했어요. 꼼짝할 수 없었던 아픈 몸과 지친 표정, 겨우 새어 나오는 힘없는 목소리가 사라진 자리를 건강이 채우고 있는 모습을요. 내 몸을 휘감고 있던 고통 없이 밝게 웃는 모습은 매스컴을 타고 사람들에게 알려졌습니다.

내가 받은 수술은 도입된 지 얼마 안 된 치료법이어서 많은 이들 특히 난치병 환자들과 그 가족들도 잘 모르는 수술이었고 또 알고 있다 하더라도 기존의 몸 대신 사이보그로 살아야 한다는 점에서 주저하는 수술이었습니다.

그런 점에서 저는 그들에게 희망의 밝은 빛 한 줄기였어요. 어둠에서 헤어 나올 수 없는 죽음의 절망 속에서 살 수 있다는 삶의 희망. 더 이상 온전한 나로 살지는 못하더라도, 비록 몸의 일부가 로봇으로 바뀌었더라도 건강한 삶을 이어 나갈 수 있다는 가능성을 저를 통해 발견한 것이죠.

저는 퇴원을 하고 무사히 대학교 복학을 했습니다.

내가 다시 돌아온 학교에서 그 당시 친구들은 2학년 선배가 되어 있었고, 그 당시 아팠던 나를 업고 복도를 뛰었던 내 남자 친구는 내 친구와 연인이 되어 있었어요. 연인이 된 두 사람의 발걸음이 어느새 많이 닮아 있는 걸 봤을 때는 좀 씁쓸했지만, 그때는 나도 그에 대한 감정이 미지근하게 식어버린 상태였기에 두 사람을 쿨하게 인정해줬어요.

병원 주치의 교수님은 앞으로 운동을 열심히 하고, 가끔 병원에 와서 검사를 받고, 생활패턴과 식습관을 규칙적으로 관리하는 것이 무엇보다 중요하다고 했어요. 나는 좀 의아했죠. 사실 내가 국가대표 선수도, 인간문화재 같은 특별한 존재도 아닌 평범한 사람이지만 그래도 그렇게 큰 수술을 받은 환자인데, 멀쩡한 사람도 다 하는 기본적인 건강관리만 해도 되는 건가 했어요.

"정말 그것만 하면 되나요?"

"네. 혹시라도 이상 증상이 보이면 바로 오셔야 하고요."

"이상 증상이라 하면…… 제가 또다시 아플 수도 있단 말인가요?"

"장누리 환자분은 병든 인체 일부를 제거하고 인공장기로 바꾸는 수술을 하셨어요. 뼈, 위, 폐, 심장, 간 그리고 뇌 일부까지 사이보그가 되신 거죠. 더 쉽게 말씀드리면 장누리 환자분의 예전 몸은 폐차 직전의 망가진 자동차였어요. 환자분은 고장난 자가용을 버리는 대신 새 부품을 갈아 끼우는 대대적인 수리를 받으신 거예요. 앞으로 만약 환자분이 수술한 부위가 아프시면 그건 환자분 몸이 아니라 부품에 이상이 있는 겁니다."

"이상이라면, 어떤 증상이 있나요?"

이어지는 질문이 피곤했던 모양인지 눈을 지그시 감았다 뜨곤 나를 다시 쳐다본 주치의 교수님이 말씀하셨죠.

"열이 나거나, 마비가 오거나, 몸 어딘가에 피가 나거나 하는 다양한 증상들이 있죠. 조금이라도 이상을 느끼시면 바로 병원을 찾으셔야 합니다."

상담을 마치고 일어서는데, 진료실 데스크 한쪽에 주치의 교수님과 대여섯 살쯤 되어 보이는 꼬마가 자동차 장난감을 손에 꼭 쥔 채 서로를 안고 찍은 사진이 걸린 액자가 놓여 있었어요. 교수님 아들이 자동차를 좋아하는구나. 교수님이 진료하면서 내 몸을 왜 하필 자동차에 비유한 건지 알 것 같았습니다.


그로부터 시간이 흘렀습니다.

저는 대학교 졸업 후 첫 직장에서 해외 파견근무 발령을 받았어요. 프랑스 지사에 2년간 근무하라는 회사의 지시였죠.

저는 그곳에서 한 남자를 만났습니다. 같은 회사에서 일하는, 재외교포 한국인이었죠.

그는 외모도 수려하거니와 매너가 뼛속까지 깊게 배여 있어 여자가 좋아할 만한 이성의 조건을 모두 갖춘 남자였습니다. 프랑스에서 오래 살았음에도 한국어도 전혀 어색하지 않았어요.

우리는 한국인이라는 공통점을 갖고 급격히 친해졌고, 연인이 되었습니다.

행복했어요. 해외 출장을 오기 전까지만 해도 나는 이제 2년 동안 불어와 영어만 쓰면서 살아야겠구나, 가족은커녕 한국인 구경도 못하고 외톨이가 되겠구나…… 설렘보다 걱정과 두려움 이 앞섰거든요. 그런데 그곳에서 그런 좋은 사람을 만나 함께 멋진 영화를 보고, 맛있는 식사를 하고, 근사한 곳으로 여행도 다니면서 시간을 보낼 수 있었으니 나는 참 행운아라는 생각이 들었어요.

좋은 사람. 사랑할 만큼 멋있는 사람.

하지만 어떻게 된 영문인지 그를 사랑하는 감정은 도저히 생기지 않았어요.

그는 내가 절반은 로봇이라는 것을 알면서도 아무런 조건 없이 나를 사랑해준 사람이었는데도 말이죠.

처음에는 나도 그가 좋아서 데이트도 하고 그가 먼저 다가오는 키스도 거부하지 않고 받아줬어요. 이 사람은 좋은 사람이야. 부족한 나를 사랑해주니, 나도 곧 그를 사랑하게 될 거야. 서로 속도가 조금 다를 뿐이야. 저는 애써 스스로에게 최면을 걸어가면서 노력했어요.

하지만 이미 알고 있었죠.

사랑은, 노력으로는 유지하기 힘들다는 것.

저는 그에게 이별을 고했습니다. 미안해. 당신을 좋아하지만 사랑하지 않아.

나의 일방적인 이별 통보를 이미 예감한 듯 고개를 끄덕인 그는 상처받은 얼굴로 내게 말했습니다.

"나는 널 정말 많이 사랑했어. 진심이야. 하지만 우리가 사귄 1년 넘는 시간 동안 나는 너에게서 단 한 번도 네가 날 사랑한다는 감정을 온전히 느낄 수 없었어. 내가 널 더 많이 사랑하는 건 알고 있었지만, 너에게 사랑을 주는 게 행복했지만, 나도 때론 너에게서 사랑받고 싶었어."

나는 그에게 미안했습니다. 너 지금 제정신이야? 미친 것 아냐? 흠잡을 데 없는 멋진 남자가 널 사랑해주는데도 이렇게 헤어지다니. 네가 복에 겨워 배 터져 죽어봐야 정신을 차리지. 그날 밤, 집으로 돌아오는 길에 내내 저는 스스로에게 한국말로 거친 쌍욕을 내뱉었습니다. 집으로 가는 길에 마주친 외국인들이

센 발음으로 알아들을 수 없는 외국어를 중얼거리는 동양 여자를 흘끗 쳐다보곤 했지만, 상관없었어요. 어차피 그들은 한국 욕을 못 알아들을 테니까요.

그래요.

젊은 시절에 아까운 사람을 놓친 경험쯤은 누구에게나 있죠.

당장은 아프더라도 우리는 그 경험으로 하여금 교훈을 얻고, 다음에 더 좋은 사람을 만날 수 있는 기회를 갖기도 합니다.

프랑스에서의 2년이 지나고 한국으로 돌아갈 날이 다가왔어요.

그곳에서 하루빨리 내가 돌아오길 기다리고 있는 가족들을 생각하면 곧바로 한국으로 돌아가야 했지만, 돌아가기 전 나만의 시간을 갖고 싶었습니다. 저는 가족들에게 잠시 여행하다 돌아가겠다고 말한 뒤, 비행기 티켓을 끊었습니다.

제가 넉 달 정도 여행한 곳은 이탈리아, 미국, 브라질, 이집트, 러시아였어요. 저는 지구 곳곳을 달랑 배낭 한 개를 어깨에 메고 씩씩하게 누볐어요. 예전의 나라면 감히 꿈도 꾸지 못했던 일이었죠. 1박 2일 국내 여행조차 온갖 준비를 다 마치고 몇 번이나 확인하고 나서야 겨우 떠날 수 있었던 겁 많고 소심했던 내가, 2년간 해외 출장은 물론이려니와 무려 넉 달 동안이나 세계여행을 하다니. 저도 바뀌어버린 내가 놀라웠습니다. 이 모든 게 나를 죽음의 구렁텅이에서 빼내 준 첨단 의료기술 덕분이었어요.

이탈리아, 미국, 브라질, 이집트, 러시아.

저는 그곳에서 나와 같은 이유로 사이보그가 된 친구들을 만났습니다. 병들고 다쳐서 도저히 회복할 수 없는 몸을 버리고 사이보그로 살기를 택한 사람들. 그들은 유명관광지, 내가 머물렀던 게스트하우스, 커피나 브런치를 즐긴 카페, 거리 곳곳을 평범한 사람들처럼 아무렇게 않게 누비고 다녔어요.

브라질 리우데자네이루의 한 게스트하우스에 머물렀을 때, 한밤중에 잠을 이루지 못하는 친구들과 게스트하우스 마당에서 맥주를 마시며 이야기를 나눴어요. 게스트하우스에서 만나 며칠 동안 함께 지내다 보니 친해진 친구들이었어요.

그중 마리아라는 미국 산티아고에서 온 친구는 안암 4기로 죽음의 문에 다다랐을 즈음, 나와 같은 사이보그가 되는 수술을 받고 건강해진 친구였어요. 나와 같은 방을 쓰게 된 친구였죠.

마리아는 1년 전만 해도 눈이 거의 실명 상태였는데, 수술로 다시 세상을 만날 수 있게 되어서 행복하다고 했어요.

"마리아는 언제부터 아팠었어?"

"고등학생 때부터. 누리는?"

"나는 어릴 적 아팠다가 다 나았는데, 스무 살 때 재발했어."

"헉, 두 번이나. 힘들었겠다."

"이젠 괜찮아."

"그런데 수술 이후 나는 좀 불편한 게 생겼어."

"뭔데?"

"내 눈에, 안 보여야 할 게 보여."

나는 맥주를 마시다 흠칫, 놀랐습니다. 설마, 귀신이 보이는 걸까. 어릴 적부터 겁이 많았던 저는 TV에서 무서운 장면이라도 나올라치면 화들짝 놀라 벌벌 떨며 허둥지둥 TV를 꺼버리기 일 쑤였어요.

나는 숨을 한번 고르고, 마리아에게 다시 물었어요.

"어떤 게 보여?"

"옆 동네 아파트 안은 기본이고, 저 너머 언덕 아래에서 개미가 기어가는 것도 보여. 저 멀리 학교 캠퍼스에서 내 남자친구와 함께 손을 잡고 아이스크림을 먹고 있는 사람이 내 친구인 것도 보여. 몽골리안처럼."

넓고 푸른 초원에 사는, 최대 시력 8.0을 자랑하는 몽골인처럼. 마리아는 애써 아무렇지 않은 척 싱긋, 웃었어요.

"그것 말곤 괜찮아. 가족들 얼굴도 보지 못하고 죽을 운명이었는데, 이젠 눈도 잘 보이고 이렇게 살아서 건강한 몸으로 여행도 다니고, 너처럼 좋은 친구도 만났으니까."

나는 마리아의 우주를 닮은 보랏빛 눈에서 새어 나오는 맑은 눈물을 닦아주었어요. 마리아의 눈은 그녀의 하얀 피부와 갈색 머리와 아주 잘 어울렸어요. 나를 바라보는 마리아의 눈은, 나의 어느 구석까지 보이는 걸까. 지금은 뭐가 보여? 나는 마리아에게 묻고 싶었지만, 차마 묻지 못하고 그녀를 꼭 안아주었습니다.

깊어가는 브라질의 보랏빛 밤하늘 위에는 무수히 많은 별들이 눈물처럼 슬프도록 아름답게 반짝이고 있었어요.

지구 곳곳에서 만난 나와 같은 수많은 사이보그 친구들에게는 공통점이 있었습니다.

크건 작건 모두 어떤 변화, 어쩌면 후유증을 앓고 있다는 것.

브라질에서 만난 마리아는 시력이 지나치게 좋아졌고, 미국에서 만난 케빈이라는 백인 남자는 서른 살 평생 한 번도 배우지 않은 아랍어를 구사하기 시작하면서 현재 한 대학 아랍어과 교수로 살고 있다고 했어요.

이탈리아에서 만난 소녀 이자벨라는 수술을 받기 전, 그러니까 열다섯 살 이전의 기억을 모두 잊었다고 해요. 이자벨라는 우리가 만난 초콜릿 가게 앞에서 내게 말했어요.

"언니, 나는 수술 후 병원에서 다시 태어났어요. 열다섯 살짜리 나 자신으로."

이자벨라는 그렇게 말하곤, 큰 앞니로 초콜릿을 깨물어 먹으며 웃었어요. 태어나보니 한 살이 아니라 열다섯 살이었다는 이상한 이야기.

우리는 인간도, 로봇도 아닌 그 중간쯤 어딘가에 있는 이상한 존재가 되어버렸지만 그게 무슨 상관이냐는 조금은 쓸쓸한 표정으로.


저는 넉 달간의 여행을 마치고 한국으로 돌아왔어요.

공항에는 가족들이 모두 나와서 나를 반겨줬어요. 도착한 집에서는 엄마가 직접 만든 각종 반찬과 김치찌개와 갈비찜이 기다리고 있었어요.

"맛있어?"

"너무 맛있어. 집밥, 진짜 오랜만에 먹는다."

"그러게, 출장 마치면 곧장 집으로 오지. 아빠가 우리 딸 얼마나 걱정했는데."

"미안. 그래도 여행은 너무 즐거웠어."

"누리 얼굴, 햇볕에 검게 그을린 건 처음 본다."

"돌아다니느라 많이 탔어."

"건강해 보여서 좋네. 많이 먹어."

제 방에서 회사 재택근무를 마친 오빠도 오늘만큼은 퇴근 후 밖에서 친구를 만나지 않고 방에서 곧장 나와서 함께 식사를 했습니다.

저는 믿어 의심치 않았어요.

앞으로는 행복하기만 한 시간이 이어지리라고.

더 이상 아프지 않고 건강한 나날이 계속될 거라고.

저는 다시 회사를 다녔고, 집에서 조금 떨어진 아파트에서 혼자 살 집을 구했습니다. 그리고 예전처럼 친구들을 다시 만나 즐거운 시간을 보내고 이야기를 나눴어요. 모두가 아는 사실이겠지만, 지구는 2030년부터 급속도로 오염되어 외식을 하려면 식당 안 테이블 하나마다 있는 아크릴 룸에 5인 이상 모이는 게 금지된 지 오래됐죠. 나, 리진, 자윤, 이렇게 친한 친구 셋이 모여 식사를 했어요. 그날 먹었던 메뚜기 크레이프와 해파리 파스타는 정말 맛있었어요.

리진은 건축 디자이너로 일하며 최근에는 자기가 살 돔 하우스를 직접 짓고 있다고 했고, 자윤은 최근 전자음악 밴드 보컬과 연애하게 됐다면서 휴대폰으로 남자친구를 보여줬어요. 자윤은 휴대폰에 달린 레이저 빔을 허공에 쏴서 그의 공연영상을 자랑하듯 보여줬는데, 그의 외모는 무척 매력적이었지만 음악은 내 취향이 아니었어요.

우리는 오랜만에 만나 밤늦게까지 까르르 웃으며 이야기꽃을 피웠어요. 아무리 문명이 발달하고 생활의 많은 것들이 기계화되었다 하더라도 사람들의 다정한 온기는 인위적으로 만들어내지 못합니다.

시계를 보니 밤 10시가 다 되어가고 있었어요. 다음날 출근해야 하는데. 재택근무지만 아침 9시까지 온라인 출근체크를 해야 하므로 나는 아쉽지만 친구들과 헤어지기로 하고 자리에서 일어났어요.

그때였습니다.

"누리야!"

리진과 자윤의 높은 비명이 들리고, 내 의식은 순식간에 암흑으로 변했어요.

그래요.

저는 식당에서 나서려던 그때, 잠이 든 것이었어요.

제가 다시 의식을 차린 곳은 병원 응급실이었어요.

전날 밤 기절한 나를 보고 놀란 친구들은 119에 신고를 한 뒤 나를 병원에 데려다줬습니다. 제가 사이보그 수술을 한 그 병원이었어요. 그날 밤, 나를 병원으로 데려다주던 리진은 혹시 자기가 주문해 우리가 함께 나눠 마신 프라이드치킨 맛 맥주가 나에게 문제를 일으킨 걸까 봐 미안하고 걱정되어 눈물까지 쏟았다고 해요.

저는 병원 의사가 권한 대로 며칠 직장에 병가를 내고 입원해 정밀검사를 받기로 했습니다.

각종 검사를 하고 며칠 후, 저는 진료실을 찾았어요.

주치의 교수님은 팔짱을 끼고 진료실 벽에 설치된 큰 스크린 화면 속의 문자들을 한참 들여다보다가, 나에게 말했어요.

"장누리 환자분, 평소 불편하신 점 없으셨나요?"

"잘 모르겠어요."

"그동안 해외에 있으면서, 잠은 잘 주무셨어요?"

"네."

"혹시, 그곳에서 연애를 하거나 성관계를 하셨나요?"

"네."

"장누리 환자분, 현재 팬으로서 좋아하는 아티스트가 있습니까?"

"그럼요."

왜 그런 걸 질문할까. 주치의 교수님은 나지막이 한숨을 내쉬고는 다시 내 얼굴을 똑바로 바라보며 입을 열었습니다.

"장누리 씨가 받았던 사이보그 수술은 이제 우리나라뿐만 아니라 전 세계적으로 시행하는 수술이 되었어요. 인공장기, 인공 신체조직에 거부감을 느꼈던 노인 세대도 이제는 선호하는 수술이 되었죠. 저희 병원에서도 많이 권하는 수술입니다. 그중 장누리 환자분이 받은 사이보그 수술 부위는 머리, 뼈, 심장, 위, 폐, 간 이렇게 여섯 곳이었습니다. 지금까지는 다행히도 크게 눈에 띄는 부작용이 없었는데 말이죠."

교수님은 또다시 뜸을 들였고, 저는 그 짧고도 긴 침묵을 견뎠습니다. 교수님이 다시 말을 이었어요.

"장누리 환자분의 몸 일부분이 된 사이보그 시스템은 기계예요. 성능이 뛰어나지만, 사람의 온전한 그것은 아니라는 거죠. 사이보그 수술은 99%의 회복 성공률을 보이는 현대의학이 낳은 아주 성공적인 시스템이지만, 그 수술을 받은 환자들 중 1%는 부작용을 겪게 됩니다. 학회에 보고된 사례에 따르면 나타나는 부작용은 의지대로 잠을 참거나, 맛없는 음식을 억지로 섭취할 수 없게 돼요. 그리고……."

나는 교수님의 느릿느릿 이어지는 다음 이야기를 기다리면서 조용히 침을 삼켰습니다.

"사랑하는 능력을 점차 상실하게 됩니다. 말 그대로 장누리 씨가 진짜 로봇이 된 겁니다."

나는 떨리는 심장을 부여잡고 교수님에게 물었습니다.

"그럼, 제가…… 그 1%가 된 건가요?"

"안타깝지만, 그렇습니다."

교수님은 쓰고 있던 안경을 쓱, 올리며 말했어요. 몸을 사이보 그로 만드는 이 시대의 라식수술은 의료용 특수 안경을 10분 정 도만 쓰고 있으면 기존의 각막에서 새로운 사이보그 각막으로 바꿀 수 있는 간단한 수술이었습니다. 그런 간단한 수술을 의사 가 아직 받지 않고 불편한 안경을 계속 쓰고 있다는 건, 분명 이 유가 있는 거겠죠.


퇴원을 하고 보통의 일상을 살아가던 어느 날, 차를 타고 가던 거리에서 사고가 났습니다.

자율주행 자동차가 사고가 나는 이유는 단 한 가지입니다. 그 에게 휴식을 주지 않았기 때문이죠. 검은 자동차가 친 사람은 한 눈에 보기에도 약하고 어린 여자아이였어요. 길에 쓰러진 그 소 녀는 미동조차 없었고, 사람들은 가던 길을 멈추고 아이를 살피 곤 119를 불렀습니다.

저는, 운전 속도를 늦추고 천천히 달리며 아수라장이 된 사고 현장을 슬쩍 훔쳐봤습니다. 소녀는 뒤틀어진 온몸에 피를 흘리며 눈을 천천히 굴리다, 공교롭게도 저와 눈이 마주쳤어요. 소녀는 눈빛으로 내게 말하고 있었습니다.

애초에 당신에게 동정 따윈 기대하지 않아. 당신은 사람이 아니잖아.

저는 늦춘 운전 속도를 제 속도로 맞추고 재빨리 도망치듯 그 사고 현장을 벗어났어요. 나는, 사람이 아니니까. 로봇이니까.

지금은 새벽 5시에요.

언제나 밤 10시에 잠들고 새벽 5시에 일어나요. 항상 정확한 시간에 잠을 자고 일어나는 시스템은 그렇게 나쁘지 않아요. 저번처럼 밤이 늦었는지도 모르고 친구들과의 수다에 정신이 팔려 기절하는 실수만 하지 않는다면 말이죠.

출근하려면 아직 시간이 넉넉해서 아침식사로 노릇하게 구운 토스트와 잘 내린 향긋한 커피를 마셨어요. 하루를 시작하기에 탄수화물과 카페인만큼 좋은 성분은 없죠.

TV를 보고 싶다는 내 생각을 읽은 AI 리모컨이 켜준 TV에는 연예프로그램이 방송되고 있었고, 내가 좋아하는 배우가 인터뷰를 하고 있었어요.

내가 좋아하는 배우의 이름은 한담입니다.

놀랍게도 그의 생일은 1987년이에요. 1987년이라니, 정말 까마득한 옛날이죠. 셈을 해보자면 배우 한담의 나이는 65세에요. 분명 우리 아빠보다 많은 나이지만, 한담의 외모는 20대 청년의 그것과 크게 다르지 않습니다. 한담의 동안 비결은 그가 노화를 영구적으로 멈추게 하는, 이른바 '청춘 수술'을 받았기 때문이죠.

그는 젊어진 외모 덕분에 60대인 지금까지도 극 중에서 20대 젊은이 역할을 주로 맡고 있어요. 아저씨나 할아버지 역할을 한 적도 있지만, 그의 외모에서 뿜어져 나오는 젊음은 무척 높아진 수준의 분장마저 뚫고 나와버려 이젠 그런 역할은 아예 하지 않아요. 어울리지 않는 옷을 걸친 것처럼 어색하기 때문이죠. 지금 드라마 속 그가 맡은 역할 또한 20대 청년 역할입니다.

한담은 인터뷰에서 말했습니다.

자기 나이가 60대 중반인데, 자기 딸보다 젊은 상대 여배우를 보면 왠지 모를 죄책감을 느낀다고. 특히 드라마나 영화 속에서

격한 애정 신을 촬영할 때면 마치 질이 나쁜 범죄를 저지르는 더러운 기분이 든다고 고백했어요. 그는 청춘 수술을 하고 난 뒤, 얻은 것보다 잃어버린 것이 많다고 했습니다. 부모와 형제, 아내도, 친구들도 모두 평등하게 세상의 끝을 향해 뚜벅뚜벅 걸어가고 있는데 혼자만 외롭게 멈춰 서 있는 것 같다고요. 요즘 그는 정신과 상담을 받고 있다고 했습니다. 정신과도 요즘은 두뇌에 삽입하는 칩 덕분에 치료가 빨리 되긴 하지만 그는 그 수술도 거부하고 상담으로 우울증을 고치려고 한다고 했어요. 그는 기자가 아닌 카메라를 똑바로 바라보며 말했습니다.

"노화는 모든 이가 누릴 수 있는 축복이라고 생각해요. 그런데 저는 젊은 시절 여물지 못한 생각으로 결코 돌이킬 수 없는 잘못된 선택을 했어요. 청춘은 아름답지만, 영원한 청춘은 결코 아름다울 수 없습니다. 제 아들, 딸이 60대가 되었을 때 내가 어떤 모습이 되었을지 생각하면 저는 너무 두려워요."

한담은 험난하고 기나긴 여행을 하는 여행자의 설레면서도 또 한편으로는 잔뜩 겁에 질린 눈빛으로 카메라 렌즈를 똑바로 응시하고 있었어요. 그 슬프도록 아름다운 욕망의 눈빛이 너무나 섬뜩해서, 나는 TV를 향해 "꺼!"라고 크게 소리를 질렀어요. TV는 꺼졌고, 순식간에 거실은 침묵과 토스트와 커피만 덩그러니 남겨졌어요.

현대 의학 기술은 실로 엄청난 발전을 했습니다.

이제 치명적인 부상 혹은 암 같은 중증 질병으로 인해 맞이하는 죽음은 거의 없죠. 죽음에 이르는 경우는 이제 두 가지밖에 없습니다.

나이가 들어 수명을 다해 죽거나 혹은 억지로 죽음을 앞당기거나.

혹시, 자살을 생각하는 거냐고요?

에이, 설마요. 제가 인간으로 살지 못한다고 해서 극단적으로 그렇게 할 필요까지야 있나요. 저는 그렇게 나약한 존재가 아닙니다. 그런 어리석은 행동은, 보통의 인간들이나 하는 거죠.


저는 이제 로봇입니다.

밤 10시부터 새벽 5시까지 정확히 7시간 잠을 자고, 영양소를 골고루 섭취하고, 운동과 휴식 그리고 병원에서 진단과 치료로 철저히 건강을 관리하며, 정해진 시간에 열심히 일하는 로봇입니다.

그리고 사람에게 더 이상 사랑을 느끼는 일은 없어요.


로봇으로 사는 것은 그리 불편하지 않습니다.

굳이 저 같은 로봇이 아니더라도, 나처럼 사는 사람은 많으니까요. 틀에 끼워 맞춘 시계처럼 일정한 시간마다 먹고, 자고, 일하고 사랑 따윈 느끼지도 못한 채 오로지 자기를 관리하며 살아가는 사람들. 스스로 로봇이 되어가는 사람들.

6시가 다 되었네요.

이제 그만 자리에서 일어나야겠습니다.

오늘도 어제와 다름없이 회사에 출근해야죠. 저는 정해진 시간대로 움직이는 로봇이니까요.

저는 이렇게 살아가다 어느 날 멈추게 될 것입니다.

그땐 조금이라도, 아주 잠시라도 저의 삶을 슬퍼해 주세요.

사람으로 태어나 사이보그로 살기로 했지만 결국 로봇이 된 존재를.

온전히 사람으로 살지 못했던 1%의 삶을.

우주의 휴식

미술관의 하얀 벽에 나란히 진열된 그의 그림들은 신비하면서 오묘한 색채로 사람들의 발걸음을 멈추게 했다.

그녀는 그 화가의 작품들을 보며 천천히 거닐다가 큰 화폭을 가득 채운 푸른 안개 그림 앞에 발걸음을 멈추고 나지막이 읊조렸다.

"보고 싶어."

재경은 벽에 걸린 화가 천우주의 작품들을 보며, 마음 한구석이 저릿해지는 것을 느꼈다.


천우주.

그는 천재였다.

평범한 사람이라면 장난감이나 수저 정도나 겨우 잡을 수 있는 세 살짜리 사내아이가 고사리만 한 손으로 연필을 쥐고 자기 방의 벽에 뭔가를 그리는 데 몰두하고 있었다. 우주의 엄마는 아들이 벽에 그리는 그림을 낙서라 믿고 아들의 엉덩이를 톡 치려는 순간, 그 그림이 자신의 얼굴이라는 것을 깨닫고 그 자리에서 놀라 주저앉고 말았다. 돌잡이 때 바늘쌈을 잡아 손재주가 뛰어난 아이라 여겼지만, 그 정도로 그림을 잘 그릴 줄은 감히 상상도 못 했던 것이다.

우주의 부모는 국내에서 유명한 영재분석가를 찾아가 아들을 보여줬다. 많은 전문가들의 치밀하고 섬세한 검사 결과, 우주는 상위 0.3%에 해당하는 천재로 판명되었다. 다만, 모든 면에서가 아닌 미술 분야에서 뛰어난 천재성을 발휘할 아이.

우주는 일찍이 영재 수순을 밟았다. 예술 중학교, 예술 고등학교, 셀 수 없이 많은 미술대회 수상, 독일 뮌헨 유학…… 우주의 부모는 아들의 미래를 전폭 지지했다. 그 탓에 우주의 두 살 터울 동생 하늘은 늘 불만이었다.

우주는 아름다운 청년으로 자랐다. 그가 배운 현대미술은 예술 분야 중에서도 자유를 중시하는 분위기가 큰 세계였다. 우주는 커다란 종이 위에 연필과 붓뿐만 아니라 손과 발, 의자, 양동이, 소화기 등등 온갖 도구를 사용해 작품을 만들어냈다.

천우주의 그림 퍼포먼스 콘서트는 매번 매진이었다.

그의 콘서트가 열리는 날이면, 아이돌 콘서트장을 방불케 하는 진풍경이 연출되곤 했다. 천우주 또래의 젊은 남녀는 물론이거니와 현대미술에는 털끝만큼의 관심도 없을 듯한 청소년들도 그의 콘서트장 앞에서 줄을 섰다. 공연장 안은 공연이 시작하기도 전부터 뜨거운 축제 분위기였다. 천우주가 나풀거리는 가운을 걸치고 무대 위에 등장하자, 객석에서는 거대한 함성이 터져 나왔고 이어지는 음악에 맞춰 하늘하늘 춤을 추던 그는 가운을 벗어 던지고 자신의 키만큼 큰 붓으로 무대 위에 펼쳐진 큰 종이 위에 그림을 그렸다. 그가 종이 위에서 물감과 함께 뒹굴며 그린 그림은 누군가가 다급하게 쫓기는 그림자 같기도 했고, 무리 지어 날아오르는 새 떼 같기도 했으며, 깊은 밤 정확한 감정을 헤아릴 겨를도 없이 울컥 쏟아낸 눈물 같기도 했다.


그가 그녀를 만난 것은 이탈리아 로마에서였다.

재경은 그동안 저축한 돈을 모아 큰맘 먹고 일을 저질렀다. 4박 5일간의 유럽 배낭여행이었다. 한 학기 학비와 맞먹는 큰돈이었다. 재경의 가족들은 재경의 무모함을 탓했고, 친구들은 재경의 큼직한 간 사이즈를 부러워했다. 친구들은 입을 모아 말했다. 나도 그렇게 막 저지르면서 살고 싶어. 하지만 재경은 알고 있었다. 각자 가진 용기의 양과 종류는 저마다 조금씩 다르다는 것을. 현실적으로 그들이 낼 수 있는 용기는 여러 회사에 각종 스펙을 채운 이력서를 내미는 정도라는 것을.

재경이 여행을 떠나온 가장 큰 이유는, 막막해서였다.

학창 시절 그다지 대단한 꿈도 없이 막연히 공부만 하던 재경에게 꿈이란 다른 사람이 주인공인 영화 같은 이야기였다. 뭐가 되고 싶다, 이걸 꼭 해보고 싶다 이런 뜨거운 꿈과 열정이 재경에겐 없었다. 재경은 자신이 갈 수 있는 가장 멀리까지 가보기로 했다. 그곳까지 가보면, 정답까지는 아니어도 힌트 정도는 보일 것만 같았다. 막막하고 답답한 인생의 질문을 풀 수 있는 정답의 중요한 힌트.


"저기요!"

재경이 마르셀루스 극장 근처 노천카페에서 젤라토를 먹고 있을 때, 누군가의 목소리가 울렸다. 저기요, 라는 또렷한 한국말. 재경은 여기 오고 나서야 한국인들이 여행을 정말 많이 다닌다는 것을 실감했다. 해외여행을 자주 다니는 친구들에게서 들은 이야기는 있었지만, 실제로 본 건 처음이었다.

설마 나를 부르는 건 아니겠지. 재경은 코끝까지 흘러내린 선글라스를 손끝으로 한번 쓱, 올리고 카메라로 사진을 여러 장 찍고는 젤라토를 다시 한입 베어 물었다.

그때, 그 목소리가 또 한 번 울렸다. 이번에는 그 목소리에 힘이 더 실려있었다.

"아가씨!"

아가씨? 한국말로 '젊은 여성을 부르는 말'이 정확히 들렸고, 재경은 살짝 인상을 찡그리며 그쪽으로 고개를 돌렸다. 아가씨라니, 기분이 썩 좋지만은 않은 호칭이었다.

"저요?"

"네, 거기!"

수많은 사람들이 북적이는 광장 한가운데. 그곳에 우주가 서 있었다. 검은 선글라스와 그래피티가 그려진 티셔츠와 진한 색깔의 청바지. 그는 이미 유명한 아티스트였지만, 예술 분야에 관심이 없는 재경이 그를 첫눈에 알아볼 리 만무했다. 그곳에서 그녀를 부른 우주가 빠른 속도로 달려왔다. 재경은 느닷없이 달려오는 그를 보고 당황해 영문도 모른 채 피하려고 자리에서 벌떡 일어났다. 우주가 재경에게 달음박질해 가까이 다가왔고, 재경은 미처 피하지 못하고 그 자리에 그대로 얼어붙은 채 두 눈을 꼭 감았다.

"괜찮아요?"

"네?"

"여기."

우주의 손에는 재경의 가방이 들려있었다. 재경이 앉은 의자 옆에 두었던 갈색 가방이었다. 재경은 그가 건넨 자신의 가방을 받았고, 우주가 이야기를 꺼냈다.

"방금 가방, 소매치기당할 뻔했어요. 당신이 아이스크림 먹고 있을 때, 누가 근처에 와서 가방 만지작거리고 있더라고요."

어떤 이유인지는 모르지만, 어디에서도 한국인은 같은 나라 사람을 단번에 알아볼 수 있었다. 우주는 마르셀루스 극장 앞에서 만난 그녀가 한국인이라는 것을 눈치챘다. 그리고 그녀가 곁에 둔 가방을 누군가가 건드리고 있는 것도.

"감사합니다. 그쪽 아니었으면 진짜 큰일 날 뻔했어요."

재경이 잃어버릴 뻔했던 가방을 소중하게 품에 안고 우주에게 거듭 인사하자 우주가 미소를 지으며 그녀에게 물었다.

"여행 왔어요?"

"네."

"가족들과 왔어요?"

"아뇨."

"겁도 없네. 안 무서워요?"

재경의 눈앞에서 우주가 싱긋, 웃었다. 재경을 비웃는 건지, 무모하다 느끼는 건지 알 수 없는 그 사늘한 미소가 재경은 기분

나빴다.

"이제 어디로 갈 거예요?"

"지금은 자유시간이라서 여기 있는 거고, 좀 이따 팀원들이랑 바티칸 박물관에 갈 거예요."

"아, 패키지로 오셨구나."

"네, 패키지."

우주가 다시 싱긋, 웃었다. 패키지로 여행 온 게 그렇게 웃기나? 재경은 자유시간이 많이 남았음에도 얼른 자리를 피하고 싶었다. 그때, 우주가 종이쪽지에 펜으로 무언가 휘갈겨 써서 그녀에게 건네줬다.

"자유시간 또 생기면 나한테 연락해요. 제가 젤라토보다 더 맛있는 것 사줄게요."

우주가 뒤돌아 걸으며 멀어지면서도 아쉬운 듯 다시 뒤돌아서서 힘찬 목소리로 재경에게 다시 물었다.

"중요한 걸 안 물었네. 이름이 뭐예요?"

"김재경이에요."

"저는 천우주예요."

그가 저만치 인파 속에 빠져들 듯 사라진 후, 재경은 곰곰이 생각했다. 천우주, 천우주…… 어디서 많이 들어본 이름인데, 어디서 들어봤더라.

말이나 행동이 좀 철이 없어서 그렇지, 나쁜 사람은 아닌 것 같았는데. 얼굴도 잘생겼고.

자유시간이 지나고 다시 만난 팀원들과 바티칸 박물관의 웅장하고 아름다운 작품들을 구경하면서도 재경의 머릿속에서는 온통 마르셀루스 극장에서 마주친 그 남자만 떠오르고 있었다.

그리고 그날 밤, 일정을 마치고 돌아온 호텔 방의 노트북 인터넷을 통해 재경은 그의 정체를 알게 되었다. 화가 천우주.

나의 가방을 지켜주고, 내게 미소를 지어주고, 젤라토보다 더 맛있는 것을 사주겠노라며 연락처를 알려준 남자가 천우주였다니. 재경은 느려터진 인터넷 화면 속 그의 프로필과 작품들을 보며 뒤늦게 놀라 입을 틀어막았다.


우주와 재경은 다음 날 오후, 트레비 분수 앞에서 만났다.

재경이 전날 바티칸 투어를 마치고 그날의 나보나 광장 투어까지 마친 시각이었다. 많은 사람들 속에서도 두 사람은 서로를 금세 찾을 수 있었다.


거대한 파도처럼 몰렸다 빠져나가는 수많은 인파 속에서 우주는 재경과 로맨틱한 분위기의 트레비 분수 앞에 걸터앉아 달콤한 티라미수를 나눠 먹으며, 두 사람이 전날 첫 만남부터 서로에게 얼마나 강렬한 첫인상을 남겼는지, 그리고 서로의 마음에 얼마나 짙은 감정을 물들였는지를 다시 한번 확인했다. 트레비 분수로 몰려든 수많은 사람들 속에서 두 사람의 눈에는 서로의 존재만 눈부시게 빛났다.

그렇게, 우주와 재경의 연애는 시작되었다.

우주의 에이전시 측에서는 두 사람의 연애를 극구 반대하는 것은 아니었지만, 혹여 재경과의 연애가 우주의 예술 활동에 지장을 줄 시 제재를 가하겠다는 경고 아닌 경고를 날렸다.

두 사람은 조심스럽게 만남을 이어갔다. 그는 공연예술계의 아이돌이었고, 스타였다. 매년 사인회와 팬미팅을 하고, TV에 출연하는 연예인과는 조금 다른 부류였지만 그와 비슷한 아니 그보다 더 높은 차원의 유명인이었다. 나름의 이미지관리가 필요한 사람이었다.

그런데 그런 특별한 아티스트가 머리끝부터 발끝까지 평범하기 짝이 없는 여자친구를 사귄다니, 우주의 에이전시에서는 우주의 신비주의 이미지를 사수하기 위해서라도 재경을 그대로의 모습으로 언론에 노출시켜서는 안 되었다. 여느 또래의 친구들처럼 우주도 치킨과 떡볶이를 좋아하고, 유치한 코미디를 보며 웃고, 여자친구와 놀이공원과 영화관에 가는 것을 숨겨야 했던 것이다.

우주는 처음에는 재경을 만나는 것만으로도 그저 행복했지만, 그 단단한 사슬에 묶여 감시 당하듯 만남을 이어가는 것에 점점 지쳐갔다.


그러던 어느 날, 우주는 자기 집에 들어오자마자 머리에 쓴 검은 비니를 벗어 신경질적으로 집어 던졌다. 우주를 따라 들어오던 재경이 놀라 그에게 가까이 다가갔다.

"오빠, 왜 그래?"

"우리 아까 밥 먹는데 건너편에서 누가 셀카 찍는 척하면서 우리 사진 찍었잖아. 자기는 못 봤어?"

우주는 어쩔 줄 모르겠다는 듯 흥분된 숨을 애써 고르며 우왕좌왕 산만하게 발걸음을 서성이다가, 짐승처럼 포효하며 소파 위에 놓인 큼지막한 쿠션을 벽에 걸린 큰 TV 쪽으로 냅다 집어 던졌다. 그러나 폭신한 쿠션은 아무것도 파괴하지 못한 채 거실 바닥에 그대로 떨어졌다. 우주는 화난 눈썹을 꿈틀거리며 눈에 보이는 대로 선반 위에 놓인 머그컵과 책과 리모컨을 집어 던졌고, 리모컨은 벽에 부딪혀 부서졌다. 재경은 잔뜩 흥분한 우주를 등 뒤에서 힘껏 안았다. 그때야 우주는 거친 숨을 몰아쉬며 이성을 찬찬히 되찾았고, 우주는 자신의 등이 축축하게 젖어 드는 것을 느꼈다. 우주의 등을 적신 건 그녀의 눈물이었다. 재경은 잔뜩 겁에 질렸지만 애써 내색하지 않고 바닥에 어지럽게 흩어진 잔해들을 조용히 치웠다. 우주는 그만 재경에게 미안해져서 아무 말도 하지 못하고 그 자리에 얼어붙은 채, 청소기를 돌리는 그녀를 보고만 있었다. 재경은 등 뒤에서 자신을 바라보고 있는 우주의 미안한 시선을 오롯이 느끼며, 이 모든 게 평범한 자신의 탓인 것만 같아 마음이 무거워졌다.

그날 밤, 재경은 우주의 집에 늦게까지 그와 함께 있었다. 예술가와 연예인을 구분하지 못하는 이들이 함부로 지껄이는 이야기는 귀담아들을 필요 없다고, 그들의 의미 없는 행동과 말에 상처받지 말라고, 가장 중요한 건 우리들의 믿음과 사랑이라고.

우주와 재경은 서로를 안고 어느 날보다 열정적으로 사랑을 나누었다. 그날 밤, 서로에게 맞닿은 숨결은 달콤했고 둘 사이에 시간은 뜨겁게 흘렀다.

그다음 날 이른 아침, 재경은 게슴츠레 뜬 눈꺼풀 사이로 곁에서 잠든 우주를 가만히 바라봤다. 예전에는 '사랑하기에 떠난다'라는 말이 그저 바람둥이들의 비겁한 변명으로밖에 느껴지지 않았었다. 연인을 버리면서도 자신은 나쁜 인간이라는 부정적 자화상을 애써 외면하는 모순적인 행동으로만 느껴졌었는데, 지금 자신이 그런 마음을 먹고 있었다. 오빠가 싫어서 헤어지려는 게 아니야. 우리가 계속 만나면 결국 오빠가 상처받게 될 거야.

재경은 곤히 잠들어 있는 그를 일부러 깨우지 않고 침대에서 조용히 일어나 옷을 챙겨입고 집을 나왔다. 관계를 정리하기에 앞서 생각을 정리할 시간이 필요했다.

그리고 그날 이후, 그는 실종되었다.

하루 이틀이면 몰라도 무려 한 달이나 연락이 안 되는 건 평소의 그가 하던 행동이 아니었다. 혼자 여행을 가더라도, 만나지 못하는 날이라도 재경에게 꼬박꼬박 문자메시지와 전화를 하던 우주였다. 그런 그가 말도 없이 사라지다니, 재경은 몹시 불안해졌다.

"천우주 씨와는 어떤 사이죠?"

"연인이에요."

"3월 6일, 천우주 씨를 만나셨나요?"

"네, 만났어요."

"만나서 무엇을 하셨어요?"

"같이 밥 먹었어요."

"또 뭐 하셨어요?"

"늦게까지…… 오빠 집에 함께 있었어요."

"늦게까지 같이 뭐 하셨나요? 여기서는 상황을 자세히 진술해 주셔야 합니다. 말씀 안 하시면 큰일 납니다."

조사를 받으라는 전화를 받고 온 경찰서였다. 재경이 회사 사무실에서 근무 중일 때 걸려온 전화였다. 보이스 피싱인 줄 알고 냉큼 끊으려던 재경은 휴대폰 너머에서 들려오는 '천우주'라는 이름 석 자를 듣고 퇴근길에 곧장 경찰서로 향했다.

출근했던 그대로 검은 코트와 갈색 면바지 차림의 재경은 길지 않은 단발머리를 손끝으로 슬쩍 넘겼다. 눈매가 뱀의 그것처럼 쭉 찢어지고 몸집이 큰 형사가 무심하게 모니터 앞에서 키보드를 두드리다가 흥미롭다는 듯 마주 앉은 재경을 올려다봤다. 형사의 책상에 마주 앉아 잠시 뜸 들이던 재경이 입을 열었다.

"잤어요."

"네?"

"그날, 오빠가 화가 많이 났었어요."

"왜 화가 났었나요?"

"우리가 식당에 가서 식사를 하고, 카페에서 커피를 마시는데 뭔가 자꾸 이상한 느낌이 들어서 보니까 식당에서 카페까지 우리를 따라와 몰래 사진을 찍고 있던 사람이 있었어요. 평소에도 그런 사람이 종종 있었지만, 그날따라 오빠가 더 예민하게 반응

했어요. 집에 도착하자마자 오빠가 화를 못 참고 물건을 집어 던지는데…… 그를 혼자 두고 가버리면 큰일 날 것 같아서 밤새 같이 있었어요."

"두 분이서 같이 주무셨다는 말씀이군요."

형사는 눈을 게슴츠레 뜨고는 재경을 뚫어져라 쳐다봤다. 저 사람은 지금 무슨 상상을 하는 걸까. 저 사람의 머릿속에 영화의 뜨거운 베드신이 펼쳐지고 있는 걸까.

"그 이후로 연락이 안 되셨다, 그렇죠?"

"네."

"천우주 씨가 실종되기 전, 특별히 기억할 만한 이상한 점은 없었습니까?"

"스트레스 때문에 많이 예민했어요."

재경은 사건의 실마리는커녕 재경과 우주의 사적인 이야기만 그 뱀눈 형사에게 탈탈 털린 채 저녁 늦게서야 집으로 향했다. 그가 사라진 일상을 버텨내기 점점 버거워지고 있었다. 지금 도대체 어디 있는 거야? 아무 말도 없이 사라져도 상관없을 정도로 오빠한테는 내가 아무것도 아니라는 거야? 재경은 그날 밤, 집으로 돌아오자마자 저녁도 먹지 않고 그대로 자기 방 침대 위로 쓰러졌다.

다음날, 재경은 월차를 냈다. 아침에 도무지 기운이 나질 않아

침대에서 몸을 일으킬 수가 없었다.

재경은 아침 겸 이른 점심으로 대충 밥을 먹고 준비를 하고 집을 나섰다.

화장기 없고 특징 없는 맨숭맨숭한 얼굴과 단발머리 그리고 헐렁한 회색 트레이닝복과 하얀 운동화 차림의 그녀를 특별한 재능을 가진 매력적인 예술가의 피앙세라고 눈치채고 흘끗거리는 사람은 없었다. 남자친구는커녕 연애를 안한 지 1년이 넘었고 그저 동네 편의점에 끼니를 때우러 가는 프리랜서 정도로 보였을 것이다.

버스를 타고 도착한 재경의 목적지는 미술관이었다.

평일 이른 오후에 미술관을 찾는 이는 드물었다. 재경은 관람권을 끊고 고요한 미술관을 천천히 거닐었다. 주위를 둘러보던 재경은 주위에 사람이 없다는 것을 확인하고, 3층 전시관으로 향하는 계단을 조용히 올라갔다.

그곳에는 '천우주 전시회 - 우주'가 진행되고 있었다. 이른 오후의 그곳은 정말 우주처럼 고요했다. 실제 우주는 이렇게 고요할까. 재경은 조용한 공간 속에서 유난히 크게 울리는 자기 발걸음 소리를 의식하며 조심스럽게 전시관을 거닐었다.

화가 천우주의 작품 '너의 여행' 앞에 섰다.

연예인처럼 눈에 띄게 예쁘지도, 그렇다고 고개를 저을 만큼 못생긴 것도 아닌 지극히 평범하게 생긴 여인의 얼굴을 그린 그 작품은 바로 그녀의 얼굴을 그린 초상화였다. 평범한 얼굴. 평일 오전, 주로 노인들이 모이는 공원에 나타나면 겨우 눈에 띌 만한 젊은 여인의 얼굴.

우주는 재경과 연인이 되면서부터 자신의 작품이 완성되면 가장 먼저 그녀에게 그것을 보여줬다. 객관적인 평가를 받고자 함이 아니었다. 우주는 그저 그 작품을 본 재경이 자신을 안고 달콤하게 속삭이는 '수고했어'라는 말 한마디를 듣고 싶었다. 그 날, 작업실에서 그는 두 사람이 여행지에서 처음 만났을 때를 떠올리며 그린 그림을 재경에게 처음으로 보여줬다. 언제나 그랬 듯.

하지만 재경은 그전과는 달리 그 작품을 빤히 바라보면서도 팔짱을 낀 채 아무 말도 하지 않았다. 그녀의 칭찬을 기대했던 우주는 조금 당황스러웠다.

"멋지지 않아?"

"내 얼굴이야?"

"응. 우리가 처음 만난 그날의 널 그린 거야."

우주는 재경의 뒤에서 그녀를 끌어안았다. 재경은 자신의 어깨를 감싼 그의 팔을 잡으며 고개를 갸우뚱했다.

"너무 못생기게 그린 것 같은데⋯⋯."

"잘 봐봐. 처음 딱 봤을 땐 평범한데 볼수록 매력적이야. 평양 냉면처럼."

평양냉면? 처음에는 싱겁고 아무 맛도 안 나지만 맛볼수록 중독된다는 그 음식? 재경은 우주가 평양냉면을 좋아한다는 건 알고 있었지만, 자신을 국수 한 그릇에 비유한다니 기분이 묘하게 상했다. 재경은 우주를 흘겨보려고 돌아보다 문득, 그의 얼굴에 지친 기색이 어려 있다는 것을 알아챘다. 우주는 작업실 한쪽에 둔 작은 의자에 툭, 기대앉았다. 유화 물감 특유의 기름 냄새가 작업실을 그득 채운 공기에서도 묻어있었다. 벽에 머리를 기댄 채 길게 한숨을 뿜어낸 그가 입을 열었다.

"가끔, 아무도 나를 모르는 곳으로 도망치고 싶어."

"작업 많이 힘들어?"

"작업보다, 시선이 더 힘들어. 나는 잘 알지만 다른 사람들은 모르는 그런 곳으로 잠시 숨어있고 싶어."

"어디쯤?"

"나를 모르는 곳이라면 어디라도. 내 그림 속이라도 좋아."

우주는 조용히 읊조린 후 벽에 머리를 기대고 눈을 감은 채 침을 꿀꺽, 삼켰다. 재경은 그런 그를, 위아래로 움직이는 그의 목울대를 그저 말없이 보고만 있었다.

우주가 살아가는 반짝이는 삶, 사람들의 시선을 받으며 사는 특별한 이의 삶이 어떤 건지는 재경도 조금은 알 수 있을 것 같았다. 이제 거의 모든 길과 건물에는 CCTV가 설치되어 있고, 많은 사람들은 언제 어디서나 사진과 동영상을 촬영할 수 있는 휴대폰을 들고 다녔다. 그것으로 누군가의 일거수일투족을 사진과 동영상으로 찍어 인터넷과 각종 SNS로 퍼뜨리거나, 지인들과 정보를 공유하는 것은 그다지 어려운 일이 아니었다.

그로부터 며칠 후, 그는 사라졌다.

평소의 우주라면 멀리 사는 친구에게 가거나, 혼자 여행을 가면 반드시 재경에게 미리 이야기를 하곤 했다. 머리 식히러 잠깐 다녀올게, 무슨 일 있으면 연락해. 하지만 지금 우주는 증발이라도 하듯 사라졌다. 경찰 측에서는 천우주 화가의 실종 사건에 납치 혹은 살인까지 염두에 두고 그의 주변인들 위주로 용의자를 샅샅이 수색했다. 그중 가장 유력한 용의자는 재경이었다. 경찰 측에서도, 천우주의 에이전시 관계자와 그의 팬들도 그녀를 의심했다.

재경은 전시장 안쪽 벽에 전시된, 수많은 사람들이 아름다운 해변에서 한가로이 휴가를 즐기는 그림 '해방'을 보며 생각했다.

저 그림 속 두 팔을 벌리고 자유를 만끽하는 많은 사람들 중에 혹시라도 우주가 있지 않을까.

재경은 작품에 한 발자국 더 가까이 다가가 그림을 자세히 바라봤다. 그 그림 속에서 혹시라도 검은 머리와 차갑고 단단한 눈매를 가진 매력적인 남자를 발견하게 된다면 조금이라도 마음이 놓일 것 같았다.

재경은 한참 만에야 그림 속에서 그와 비슷한 남자를 찾았다. 그림 속 그가 우주인지 아닌지는 정확히 알 수 없었다. 설령 맞다 하더라도 재경의 이야기를 누가 믿어줄까. 그를 구출할 수 있다면 그림 속으로 들어간 그 사람을, 과연 누가 꺼내줄 것인가.

재경은 그러면 안 되는 줄 알면서도 벽에 걸린 그림에 닿을 듯 더 가까이 다가갔다. 접근을 방지하는 라인이 배에 닿았음에도 아랑곳없이 재경은 더욱더 그 그림에 가까이 가고 싶었다. 검은 머리와 날렵한 눈매와 유연한 몸놀림을 가진 그 남자가 정말 그 그림 속에 무사히 있는 건지, 그곳의 음식은 입맛에 맞는지, 그곳에서의 시간은 행복한지 물어보고 싶었다.

저만치서 덩치가 크고, 긴 머리를 포니테일 스타일로 묶고 검은 정장을 입은 남자가 잰걸음으로 다가오고 있었다. 미술관의 보안요원이었다. 덩치가 크지만, 살집이 아닌 근육질로 제법 탄탄해 보이는 체격의 남자였다. 그 사람은 몸집만큼 크게 울리는 목소리로 단호하게 경고했다.

"작품에 너무 가까이 다가가시면 안 됩니다."

"죄송합니다."

재경은 겸연쩍어 머리를 괜스레 쓸어 넘기며 뒤로 몇 발짝 물러섰다. 원래 나는 이 큰 미술관이 아니라 그의 작업실에서 작품을 감상했었는데. 나는 그곳에서 이제 막 탄생한, 그의 숨결이 고스란히 담겨 있는 그림을 누구보다 먼저 보곤 했었는데. 재경은 억울하고 속상했다.

재경은 보안요원이 떠나고 난 뒤에도 몇 발자국 뒤에서 한참 동안 그 작품을 물끄러미 바라봤다. 그녀는 마음속으로 속삭였다. 건강히 잘 다녀와. 아무도 자기를 모르는 그곳에서 그동안 안고 있던 그 무거운 짐들, 다 내려두고 와.

그때서야 재경의 얼굴에 옅은 미소가 번졌다.

믿음과 편안함이 느껴지는 미소였다.


그로부터 엿새 후, 천우주는 돌아왔다.

우주 혼자 사는 집에 우주가 사라지고 나서도 재경은 그곳에 매일 들러 혹시라도 그가 돌아온 것은 아닌지 확인하곤 했다. 하지만 그 집에서 재경을 맞이하는 것은 적막한 공기와 텅 비어버린 공간을 가득 채운 공허함일 뿐이었다.

그날도 재경은 그 아파트로 향했다. 야근을 마치고 난 후 아침의 퇴근길이었다. 현관문 비밀번호를 누르고 들어가 거실에 놓인 소파에 풀썩 주저앉으며 소파 한쪽에 가방을 내려놓고 무거운 한숨을 내쉬는데, 굳게 닫혀 있던 침실 문이 스르륵 열렸다.

"아침부터 웬일이야?"

느닷없이 등장한 그 익숙한 목소리에 재경은 너무 놀라 어떤 말조차 하지 못하고 그저 눈만 휘둥그레 커졌다. 우주는 아무 일도 없었다는 듯, 부스스한 얼굴을 두 손바닥으로 비비며 무심히 말했다.

"오늘 출근 아니야?"

"오빠, 괜찮아?"

재경은 소파에서 벌떡 일어나 그의 얼굴과 몸 구석구석을 샅샅이 살폈다. 우주가 웃음을 터뜨렸다. 그걸 본 재경이 어린아이처럼 얼굴을 찡그리며 울음을 터뜨렸다. 우주는 그녀를 꼭 안았다.

"가면 어딜 간다고 말이라도 해주지! 어디 있다 왔어?"

"오빠가 미안해."


그 후, 보름 동안 그는 무척 바빴다.

'아티스트 천우주, 그가 돌아왔다.'

'그동안 천우주는 어디에 있었을까'

'천우주가 사라졌다 다시 나타난 이유'

행방이 묘연했다가 다시 나타난 화가 천우주에 대해서 갖가지 설들이 나돌았지만, 그는 그 무수한 스캔들에 대해 적극적인 해명을 하지 않았다. 그저 인적 드문 곳에서 쉬다 온 거라고 말할 뿐이었다. 천우주가 머물렀던 그곳이 어딘지, 그곳에서 누구를 만났는지, 거기서 뭘 했는지는 그 누구도 알 수 없었다. 그가 계속 해명을 피하자, 매스컴에서도 캐묻기에 점차 지쳐갔고 그때 마침 인기 많은 남녀 아이돌 가수의 열애설이 터졌다. 불꽃 축제에서 거대한 해바라기 모양 불꽃이 그전에 터진 불꽃을 삼켜버리듯, 우주의 스캔들 또한 점차 잠잠해졌다.


일상은 다시 제자리를 찾았다.

우주는 에이전시를 통해 다음 전시회를 준비했다. 그동안 매스컴에 시달려 체력이 떨어진 탓에 퍼포먼스 콘서트는 다음으로 미루기로 했다.

그날 저녁, 우주의 집에 재경이 왔다. 함께 저녁을 먹기 위해서였다. 우주는 주방에서 이제 막 구운 스테이크 두 접시를 테이블에 올렸다. 재경은 레드와인과 와인잔을 꺼내 스테이크 옆에 올려두었다. 두 사람은 식탁에 마주 앉아 함께 저녁을 먹었다.

"전시회 준비는 잘 돼가?"

"응. 푹 쉬다 오니까 몸이 한결 가벼워."

다시 돌아온 우주의 얼굴은 한결 편안해 보였다. 아직 콘서트 일정을 소화하기엔 무리였지만, 푹 쉬다 온 덕분인지 예민하게 날이 서 있던 성격이 많이 바뀌었다. 그가 끝까지 이야기해주지 않아 더 이상 묻지 않기로 했지만, 재경도 궁금했다. 도대체 그는 지금껏 어디에 있었던 걸까.

우주가 와인잔을 들면서 재경을 바라보며 입을 열었다.

"사람들이 많았어."

"무슨 이야기야?"

"그동안 내가 있었던 그곳."

"오빠가 있었던 거기, 말이야?"

우주는 와인을 한 모금 마시며 조용히 고개를 끄덕였다. 그러고는 손가락으로 거실을 가리켰다. 거실 한쪽 벽에는 수풀이 우거진 정글을 오색빛깔로 그린 그림 한 폭이 걸려 있었다.

"뭐라고?"

"내가 그린 그림들 속으로 들어가 있었어."

우주는 얼마 전부터 무척 지쳐 있었다. 그림 작업과 전시회, 콘서트와 인터뷰까지 금방이라도 쓰러지더라도 이상할 것 없는 과도한 스케줄을 꾸역꾸역 소화해내고 있었다. 그렇게 무거운 하루하루를 버티는 우주가 원하는 것은 단 하나였다. 휴식. 우주는 휴식을 원했다. 하지만 에이전시에서는 화가 천우주의 안식년은커녕 단 며칠간의 휴식도 허용하지 않았다. 천우주 씨는 기존의 고리타분한 예술가가 아닙니다. 현대적인 미술이 나아갈 방향을 제시하는 이 시대의 진정한 아티스트죠. 그런 분이 열정적인 모습을 보이지 않고 게으른 휴식을? 그건 현대 예술가가 하면 안 되는 겁니다.

그러던 어느 날, 작업실에서 혼자 그림을 그리던 우주는 공간을 가득 채운 자신의 그림들을 물끄러미 바라봤다. 뮤지션의 신나는 콘서트, 영화관을 가득 채운 객석들, 광활한 우주를 별의 파편들과 함께 유영하는 나비와 원숭이들, 햇빛이 축복처럼 쏟아지는 거리와 시장과 해변을 자유로이 걸어 다니는 사람들……

우주는 그림들을 보며 그 안으로 들어가고 싶다는 생각을 했다. 그리고 습관처럼 되뇌었다. 그림 속으로 들어가고 싶어. 그때였다. 공간이 휘말리듯 풍경이 동그랗게 오그라들었고 천우주는 미처 저항할 새도 없이 소용돌이치는 자신의 그림 속으로 빨려 들어갔다.

우주는 처음에는 당혹스러웠지만, 그곳을 자세히 둘러보니 그 공간은 자신에게 이미 익숙한 곳이라는 걸 깨닫게 되었다. 그곳에서 유독 라임색과 딥스카이블루 색상이 눈에 띄었다. 그가 그림을 그리면서 가장 많이 쓰는 색이었다. 우주가 심혈을 기울여 그렸던 통조림 가게도 보였다. 콘서트가 열리는 공연장에서는 신나는 음악과 함께 공중으로 멜로디와 리듬이 춤을 추고 있었다. 음악이 눈에 보인다면 어떤 풍경일까, 상상하며 그린 그림이었다. 딥스카이블루 색상 물감과 코발트블루, 도저블루 색상 물감으로 그린 '해방'이라는 그림 속에서는 아름다운 해변에서의 바캉스와 축제를 즐겼다.

자신의 그림 속에서 우주는 비로소 자유를 느꼈다. 자유와 휴식은 이미 자신의 곁에 있었다. 우주는 자기 손으로 휴식을 그리면서도 정작 자신은 휴식을 느끼지 못했던 것이었다.

"편안했어?"

"처음에는 편안하고 모든 것이 즐거웠는데, 휴식이 길어지니까 다시 여기가 그리워졌어. 그리고……."

스테이크 한 조각을 씹던 재경이 우주를 바라봤다. 우주의 눈빛이 깊어지는 것이 보였다.

"그 아름답고 편안한 풍경 속에서 네가 없었어. 너와 함께 봤으면 좋았을 풍경들, 너와 함께였으면 더없이 행복했을 그 그림들 속에 네가 없었어."

꿈 이야기를 하는 걸까. 재경은 우주의 행동이 설명할 수 없을 만큼 이상했다. 그때, 돌아왔을 때 정신건강의학과 검사를 더 정밀하게 했어야 하나. 그 생각을 하는데, 우주가 재경의 손을 따스하게 잡았다.

"다음에 휴식이 필요하면 그땐 너에게 말할게."

재경은 일어나 우주를 가만히 안았다. 그녀의 품에 안긴 우주는 편안하게 숨을 내쉬었다. 그 어떤 뜨거운 열정을 가진 사람이라도 오래 꾸준히 활동을 하고 동력을 내기 위해서는 충분한 휴식이 필요하다는 것을, 우주는 재경을 다시금 꼭 안으며 느꼈다.

우주에게는 그녀가 휴식이라는 것을.

먼 길을 돌아다녀도, 그 어떤 멋진 풍경을 만나도 재경만큼 편안한 휴식은 없다는 것을.


한 달 후, 천우주의 전시회 '다시 만나다'가 열렸다.

우주의 전시회가 열린 예술의 전당 한가람 미술관에는 그의 작품을 아끼고 응원하는 팬들이 줄을 섰다. 새로 공개된 그림 작품들은 물론이거니와, 홀로그램으로 생생하게 재현한 퍼포먼스 작품도 볼 수 있었다. 사람들은 다시 돌아온 천재 아티스트 천우주를 두 팔 벌려 환영했다.

미술관에 전시된 수많은 작품들 중 많은 사람들의 이목을 끄는 작품이 있었다.

벽 한 중앙에 걸려있는 큼지막한 그 그림은 부드럽고 달콤한 느낌의 색채로 그린 하늘 아래 높은 빌딩이 솟은 도시 속 작은 벤치에 연인이 나란히 앉아있는 뒷모습이었다. 그림 속 남녀 두 사람은 서로의 몸을 기대어 쉬고 있었다. 구도는 단순하지만, 그것이 오히려 마음이 편안하게 하는 그림이었다. 그간 천우주의 기묘하고 독특한 작품세계와는 결이 다른 작품이었다.

그 그림은 우주와 재경을 그린 그림이었다.

우주에게 휴식은 바로 재경이라는 우주의 마음을 고스란히 담은 작품이었다. 우주는 재경과 결혼해 함께 살아갈 집 거실에 반드시 그 그림을 걸리라 생각했다.

그 작품의 제목은 '우주의 휴식'이었다.

사랑한다는 말

이상한 것이 항상 보인다면 그것은 정말 이상한 걸까. 아니면, 그 이상한 것을 이제는 보편적인 것으로 받아들여야 하는 걸까.

저 하늘을 바꿀 방법은 정말 없는 걸까.


핑크색 하늘.

그 이상한 일은 벌써 며칠째 이어지고 있었다.

해가 뜨고 질 때까지. 별빛마저 잠드는 밤부터 새벽까지.


그날은 몸이 안 좋아서 회사를 조기 퇴근한 날이었다.

전날 퇴근 시간 후부터 몸에 으슬으슬 한기가 돌더니 몸살이 났다. 나는 그날 출근하면서 팀장님에게 내 몸 상태를 설명했다.

"많이 아픈가?"

"네. 어제부터 몸이 많이 안 좋아요……."

"그러게 평소 건강 관리를 잘 했어야지. 갑자기 이러면 사무실 식구들 다 피해 주는 것 모르나?"

이럴 줄 알았지. 팀장이 고운 말하는 사람은 아니니까. 팀장님은 성가신 눈빛으로 내 얼굴을 쓱 훑어보더니, 고개를 가로저으며 오전 근무만 마무리하고 퇴근하라고 하셨다.

그날, 오전 근무를 마치고 나는 비칠비칠 힘없는 발걸음을 이끌며 사무실을 나섰다. 이른 시간에 사무실을 나서는 내 등 뒤로 동료들의 눈초리가 얼음조각처럼 차갑게 박혔지만 어쩔 수 없었다. 당장 병원 가서 링거를 맞고 집에 가야지. 내 머릿속에는 오직 그 생각밖에 없었다.

처음에는 내가 잘못 본 것이리라 생각했다.

몸살 탓에 링거를 맞으며 열에 들뜬 내 눈이 사물을 잘못 비추고 있는 거라고. 내가 보고 있는 건 그저 내 착각에 불과한 거라고.

하지만 눈을 비비고 몇 번이고 다시 하늘을 바라봐도 내가 본 것은 분명했다.

온통 분홍빛으로 물든 하늘을.

나는 식품회사에서 일하고 있다.

눈이 부신 날

처음은 양식재료 회사에 1년 계약직으로 일했고, 이 회사에 정규직으로 입사한 지는 2년 정도 되었다. 이곳에서 나는 소비자 상담실에서 전화를 통한 고객들 상담 업무를 맡고 있었다.

고객들과 좋은 이야기를 나누고 그들에게 칭찬을 받으며 상담을 마치는 일은 거의 없다. 간혹 "감사합니다"나 "수고하세요" 같은 인사를 받을 때도 있지만, 그보다는 회사에 항의하거나 문제를 제기하려는 목적으로 전화하는 경우가 훨씬 많았다. 종일 험악하고 싸늘한 이야기를 들으며 피하지도 못한 채 한 자리에 버티는 기분은 정말이지 너무 힘들다. 그래서 그런지 나는 여태껏 거들떠보지도 않았던 진통제를 이젠 가방에 꼭 챙겨서 다닌다. 신경성 두통 탓이었다. 이 회사에서 일하면서 얻은 병이었다.

약을 삼키고 가만히 눈을 감은 채 약 기운이 몸에 퍼져나가길 기다리면서, 온갖 악플에 시달리는 유명인을 생각한다. 다른 멤버들보다 튀는 캐릭터 탓에 악플에 시달리는 아이돌 그룹의 한 멤버를 생각한다. 영화 속의 악역을 너무나 완벽하게 소화해 실제와 작품을 혼동한 관객들에게 지독한 비난을 받은 배우를, 선거운동 때 시민에게 했던 경솔한 말 한 마디가 문제가 되어 전국민의 미움을 사게 된 정치인을 생각한다.

그래, 그 사람들보다는 낫지. 나도 다른 사람 욕하고 비난하며 살잖아. 나만 욕먹는 것도 아닌데, 뭘.

그저 그렇게 나 자신을 가만가만 다독여본다. 그렇게 견디면 관자놀이를 쿵쾅쿵쾅 두드렸던 통증도 점점 사라지는 게 느껴지곤 한다. 그렇다. 그 순간만 참으면 된다. 그 순간만.


"이 약 다 맞는 데 얼마나 걸려요?"

"한 시간이요."

한 시간. 핑크색 용액이 담긴 링거를 연결한 주삿바늘을 내 손등에 꽂은 간호사는, 무표정한 얼굴로 나를 보며 덤덤한 목소리로 말했다. 나는 그 간호사에게 묻고 싶었다. 창밖에 하늘이 어떤 색으로 보이세요? 핑크색으로 변하고 있는 것 맞죠? 하지만 나는 차디찬 표정과 말투로 대하는 그녀에게 차마 그 질문을 할 수 없었다.

수요일 오후, 그 병원 주사실에 누워있는 사람은 나밖에 없었다. 혼자인 공간에서 누워서 할 수 있는 일이란 그저 잠을 자거나 핑크빛으로 바뀌는 기묘한 창밖 하늘을 멍하니 바라보는 것밖에 없었다.

공교롭게도 링거도 핑크색이었다. 지난번에 맞았던 링거는 노란색이었는데, 이번에는 핑크색이네. 나는 다시 고개를 돌려 창밖을 바라봤다.

비가 오려나. 우산 안 가지고 왔는데.

병원에 들어서서 링거를 맞으며 바라본 창밖 하늘은 분홍빛이었고, 그 분홍빛은 점점 짙어져 주위가 어둑해지고 있었다. 나는 온통 분홍빛으로 물든 하늘을 멍한 눈빛으로 바라보다가, 이내 무거워진 눈꺼풀을 스르륵 감고 까무룩 잠이 들었다.

시간이 얼마나 흘렀을까.

"김민아 환자분, 링거 빼 드릴게요."

누군가의 목소리가 나지막이 울리고, 내 손목을 살며시 잡는 느낌이 느껴졌다. 게슴츠레 뜬 눈 사이로 낯선 남자의 얼굴이 보였다. 나는 화들짝 놀라 그 남자에게 잡힌 손목을 급히 빼려고 했다.

"많이 놀라셨어요? 저는 간호사예요."

그 남자는 당황하지 않고 침착하게 설명했다. 자세히 보니, 남자는 아까 그 여자 간호사와 같은 하얀 옷차림이었다. 나와 비슷한 또래로 보이는, 덩치가 큰 남자였다.

남자 간호사는 두툼한 손으로 주삿바늘을 뺀 내 손등을 알코올 솜으로 꾹 눌러 지혈시키고 동그란 스티커를 붙였다. 스티커에는 핑크색 하트가 그려져 있었다. 나는 침대에서 일어나 운동화를 신었다.

주사실에서 나가려는데, 뒷정리를 하던 아까 그 남자 간호사가 한 걸음 다가와 머뭇거리면서 입을 열었다. 뭐지? 나는 겁을 먹고 약간 어깨를 움츠리면서 뒤로 한 걸음 물러났다. 주사실에는 둘밖에 없었다.

"환자분에게 이런 말 하기는 좀 그런데……."

그 남자는 내가 뒷걸음친 만큼 나에게 성큼성큼 다가왔다. 호신용 경보기가 어딨지? 나는 가방 속에 있는 조그만 경보기를 떠올렸다. 이 남자가 더 가까이 다가오면 가방에서 경보기를 꺼내 울려야지. 그때였다.

"너무 예쁘세요."

"네?"

"이렇게 예쁜 분이 아프시니까 간호사인 저도 마음이 아팠어요. 힘드셔도 잘 챙겨 드시고 기운 내세요."

"아, 네. 감사합니다."

나는 그 상황이 소름 끼칠 만큼 민망했다. 여태껏 살아오면서 병원에서, 그것도 난생처음 보는 남자에게 그런 말을 듣는 것이 익숙지 않았다. 마음이 불편해진 나는 그 남자 간호사를 애써 외면한 채 서둘러 가방을 챙겨 주사실 문을 나섰다. 그때, 내 뒤로 그 남자 간호사의 목소리가 우렁차게 들렸다.

"예쁜 김민아 환자분! 사랑합니다!"

어머, 미쳤나 봐. 왜 저래? 물론 예쁘다는 말은 언제 들어도 기분 좋은 말이다. 잘 챙겨 먹고 기운 내라는, 나를 토닥여주는 말도 감사하다. 그런데, '사랑합니다'라니. 나를 언제 봤다고, 얼마나 봤다고 사랑한다고 하냐고! 이건 분명히 나를 희롱하는 거야! 나는 흥분을 감추지 못하고 씩씩거리며 휴대폰을 들었다. 병원에 다시 전화해 항의할까. 아니면, 112에 신고할까. 그러다가, 이내 머뭇거렸다. 생각해보니 성희롱으로 신고할 만큼 그 남자가 잘못한 것도 아니었다. 그 간호사가 내게 한 말은 예쁘다는 말과 잘 챙겨 먹고 기운 내라는 말 그리고 사랑한다는 말이 전부였으니까. 나는 내 손등에 붙어있는 핑크색 하트가 그려진 스티커를 가만히 바라봤다. 핑크색. 나는 그 스티커를 신경질적으로 떼어냈다. 핑크색 하트 스티커가 그 간호사의 손길이라도 되는 양.

얼마 전까지도 상담 전화의 인사는 '사랑합니다'라는 공통된 문장으로 시작되었다. 물론 그만큼 고객을 진심과 정성을 다해 최선으로 모시겠다는 회사 철칙이 담긴 말이었지만, 그 흔하디흔한 사랑한다는 말 한마디가 때론 시비와 성희롱의 방아쇠가 되기도 했다. 사랑합니다? 네가 뭔데 날 사랑하냐! 저도 사랑해요~ 다음에 만나서 술 한잔해요. 그따위의 벗어둔 양말 같은 구린 농담들.

결국 그 사랑한다는 인사말은 상담원의 정신건강을 해치고 다수의 고객들도 부담스러워한다는 이유로 '감사합니다'라는 문구로 바뀌었지만, 고객들의 매너는 그다지 달라진 것이 없었다. 허탈하고 실망스러웠다.

병원을 나와 바로 집에 가려니 배가 고팠다. 뭐 좀 먹고 가야지. 나는 근처에 있는 카페에 들어갔다.

주문한 아이스 카페라테와 달걀 샌드위치를 테이블에 올려놓고 샌드위치를 손으로 집어 입을 크게 쩍, 벌리는 순간 누군가의 강렬한 시선이 느껴졌다. 뭐지? 이 기분 나쁜 예감은. 나는 샌드위치를 크게 한입 베어 물고 눈썹을 찌푸리며 주위를 둘러보았다. 그러나 주위에는 혼자 노트북을 켜고 자기 일에 열중하거나 두 손에 들린 휴대폰을 들여다보거나 마주 앉은 이와 커피를 마시며 이야기하는 사람들 뿐이었다.

그래, 아까 그 간호사 때문에 내가 괜히 예민해져서 그런 거야. 여기서 그런 이상한 사람을 마주치는 일은 일어나지 않을 거야. 나는 불안한 마음을 애써 진정시키며 카페라테를 한 모금 마셨다.

나는 창밖을 바라봤다. 그곳에는 다정해 보이는 연인들이 지나가고 있었다. 나는 한 손으로 턱을 괴고 그 아름다운 풍경을 물끄러미 바라봤다. 나도 저랬던 적이 있었지. 창밖의 달콤한 풍경과 내 기억 속 풍경이 오버랩되었다.


나의 전 남자친구는 식당에서 만났다.

무척 더운 여름날이었지만 나는 어이없게도 감기에 걸렸었다. 회사에서 종일 빵빵하게 켜둔 에어컨 탓이었다. 하루빨리 감기에서 벗어나기 위해서는 따뜻한 음식이 필요했다. 퇴근길의 식당에 들른 나는 설렁탕 한 그릇을 시켜, 뽀얗고 뜨거운 국물을 떠먹었다.

진하고 뜨거운 국물을 정신없이 떠먹고 있을 즈음, 식당 종업원이 내게 말을 걸었다. 자리가 없는데, 불편하지 않으시다면 저 손님과 합석하셔도 될까요? 나는 종업원의 부탁을 흔쾌히 승낙했고, 그는 그렇게 처음 만났다.

"복날에는 여자들도 따뜻한 걸 먹긴 하지만, 한여름에 뜨거운 음식 먹는 여자분은 처음 봤어요."

"사실 저도 시원한 것 먹고 싶은데, 지금 감기에 걸려서요."

"감기요? 어쩌다가?"

"회사 에어컨이 너무 세게 돌아가서요."

"아, 그러시구나. 요즘 회사 에어컨 세게 돌리는 데가 너무 많아요. 그래서 저도 긴 셔츠 갖고 다녀요."

"저도 카디건 챙겨 다녀요."

"실은 저도 몸살감기라서…… 일부러 여기 왔어요."

공교롭게도 그도 감기였다. 그는 잠시 대화를 멈추고 고개를 돌려 주먹으로 입을 가리고 몇 차례 기침을 한 후, 열띤 얼굴로 나를 다시 바라보며 싱겁게 웃었다. 우리는 여름감기만큼 성가신 병도 없다며 뜨거운 국물 마시고 빨리 낫자고 말하곤 미소를 지었다. 마지막 국물을 들이켤 땐 그릇으로 건배까지 짠, 부딪쳤다. 고약한 여름감기가 이어준 그와의 인연은 그렇게 시작되었다.

그는 누구보다 나에게 '예쁘다'라는 말을 자주 하는 사람이었다.

오늘 너무 예쁘다, 머리 자르니까 더 예쁘네, 너는 먹는 것도 참 예뻐, 네 예쁜 얼굴 종일 보고 싶다, 네가 예뻐서 좋아.

하지만 그 달콤한 말은 시간이 갈수록 설탕 가루처럼 점점 녹아 사라졌고, 헤어질 때는 아무 맛도 느껴지지 않는 맹물 같은 표정으로 나에게 미지근한 마지막 인사를 고했다.

그때는 네가 천사처럼 예뻤는데, 더 이상 네가 예쁘지 않아. 우리 이제 그만 헤어지자.

그 밖에도 나는 헤어진 남자친구 같은 사람들을 자주 마주쳤다.

다 좋은데 코가 좀 아쉽다, 살 좀 빼면 지금보다 훨씬 더 예뻐질 텐데, 어렸을 때는 정말 예뻤는데 크면서 얼굴이 많이 변했네, 학창 시절 때는 공부 꽤 한 걸로 아는데 왜 지금은 이쪽으로 풀렸니, 고등학교 때 선배님이 제 우상이었는데…… 힘내세요.

그 사람들은 눈앞에서뿐만 아니라 전화기 속에서도 존재했다. 예전에 상담했던 직원은 잘 해결해주셨는데, 왜 이렇게 일 처리를 못하세요? 짜증 나니까 다른 상담원으로 바꿔주세요. 저번에 전화했을 땐 된다고 했는데, 왜 이번에는 안 된다고 하는데! 일 좀 똑바로 하세요, 초심으로 돌아가세요.


그들은 끊임없이 과거의 나와 현재의 나를 비교하고, 타인과 나를 비교하며 지금의 나를 깎아내렸다. 나는 그따위 말 한마디로 무너지지 않아. 난 독하게 버틸 거야. 하지만 다짐과는 달리 내 자존감은 하루가 다르게 물컹해지고, 무너져내렸다.

그들의 목소리는 나의 단단했던 자존감을 힘없이 무너뜨렸다. 넌 능력이 없어. 넌 못난이야. 너는 루저야. 그 날카롭고 차가운 말들 앞에서 나는 대꾸할 수도, 반박할 수도 없었다. 만약 여기서 화를 참지 못하고 터뜨리면, 직장을 잃을지도 몰라. 직장을 잃으면 아직 남은 학자금 대출도 못 갚고, 생활비도 줄어들고, 적금도 못 붓고, 월세를 더 이상 낼 수 없어서 집에서 쫓겨날 수도 있어. 어쩌면 친구들도 모두 잃을지도 몰라.

악플에 시달리다가 결국 생을 마감한 연예인들의 마음을 이해하게 되었다. 그들이 원하는 건 단 하나였을지도 모른다. '힘내'보다, '파이팅'보다 '지금도 충분해'라는 말. 그 말.

영주는 지금 뭐하려나.
나는 휴대폰을 켜고 영주에게 카톡을 보냈다.

영주, 뭐해?
– 나 지금 학교. 수업 듣고 이제 나와서 커피 마셔.
좋겠다. 나도 대학원 다니고 싶다.
– 대학원 다닐 생각하지 마. 난 취업하고 싶어ㅠㅠ
그래도 석사 따면 취업은 좀 더 유리할 거잖아. 파이팅이야!
– 고마워, 친구. 사랑해♡

영주와의 카톡 대화를 마치려다가 나는 마지막 메시지를 뚫어져라 쳐다봤다.
사랑해? 하트?

영주는 중학교 때부터 지금까지 나와 가장 친하게 지내는 친구였다. 어릴 적부터 체력이 좋은 친구였는데 그것을 알아본 운동부 코치 선생님의 권유로 고등학교 때까지 배구선수로 활동했다. 그러나 열아홉 살 때 무릎인대 부상을 입고 난 뒤 선수가 아닌, 대학에서 스포츠 심리학을 전공하기로 마음먹었다.

영주는 한결같은 친구였다. 애교라곤 털끝만큼도 없는 시원시원하고 터프한 성격, 뒷덜미가 훤히 드러나는 짧은 커트 머리, 화장을 거의 하지 않는 맨숭맨숭한 얼굴과 무채색의 의상. 영주와 함께 있다가 친구들에게서 '내가 남자랑 데이트한다'고 오해를 산 적이 한두 번이 아니었다. 성격도 외모와 비슷해서 영락없는 선머슴인 친구.

그런데 그런 영주에게서 여태껏 한 번도 들어보지 못했던 '사랑해'라는 메시지를 받다니. 그것도 애교스러운 ♡와 함께.

내가 알고 있는 영주는 이런 애가 아닌데. 난데없이, 사랑한다고? 갑자기 왜? 혹시 내가 다른 사람에게 카톡을 실수로 잘못 보냈나? 나는 설마, 하는 마음으로 그녀의 카톡 프로필을 확인했다. 푸른 바다를 찍은 사진과 텅 빈 프로필 그리고 카톡창을 가득 채운 영주와의 지난 대화들. 내가 아는 영주가 맞았다. 나는 영주에게 전화를 걸었다.

"아까 그 말, 뭐야?"

"무슨 말?"

"네가 카톡으로 '고마워, 친구. 사랑해' 이랬잖아. 끝에 하트까지 달고."

"그게 왜?"

"아니, 내 말은 너 왜 갑자기 그렇게 말하냐고. 원래 그런 말 안 했잖아."

"그냥 습관적으로 그렇게 말하는 거야. 왜, 이상해?"

"응. 완전 이상해. 다른 사람 같아."

"뭐가 이상하냐? 친구끼리 사랑한다고 할 수도 있지."

"너, 혹시 무슨 일 있어?"

"아니."

"근데 왜 갑자기 안 하던 짓을 해? 그냥 평소대로 해!"

나는 답답해서 냅다 소리를 질렀다. 친구 사이에 사랑한다고 할 수도 있지만, 넌 평소 그런 애가 아니지 않느냐고. 내가 알고 있는 영주는 선머슴처럼 털털해서 그런 말을 그렇게 쉽게 하지 않는다고. 조금 겁이 났다. 나도 모르는 사이에 영주가 심각한 우울증에 걸린 거면 어떡하지? 평소 안 하던 짓 하고, 주위 사람들에게 사랑한다는 말을 남기고 애가 갑자기 돌연 수면제를 잔뜩 삼키거나 차가운 강물에 몸을 던지면 어떡하지?

"근데 민아야, 목소리가 왜 그래?"

"몸살 났어."

"어떡해, 많이 아파?"

평소의 영주라면 너야말로 왜 이렇게 예민하게 구냐고 버럭 소리를 지를 거라고 생각했다. 잘해줘도 지랄이냐고, 짜증을 낼 터였다. 하지만 휴대폰 너머에서 들려온 영주의 목소리는 내가 여태껏 알아온 영주에게서 전혀 들어보지 못했던, 세상 부드럽고 나긋한 음색이었다.

"약 먹고 푹 쉬어. 우리 민아, 아파서 어떡해……."

순간, 나는 온몸에 소름이 쫙 돋아오르는 것을 느꼈다. 목소리는 내 친구 영주가 맞는데, 말투는 내 친구의 그것이 아니었다. 사랑한다니, 하트라니, '우리 민아'라니. 도대체 이건 뭐지?


전화를 끊고 얼음이 다 녹아버린 카페라테를 마저 다 마시고 자리에서 일어나려는데, 남자 종업원 한 명이 내게 다가왔다. 전화 통화 하면서 큰 소리를 낸 나에게 주의를 주려고 하는 건가? 잔뜩 긴장한 내게 가까이 다가온 그 남자 종업원이 나긋하게 속삭였다.

"손님, 아까부터 쭉 봐왔는데요."

"네, 그런데요?"

"너무 예쁘세요. 목소리도 고우시고."

"그게 무슨 말씀이세요?"

"사랑합니다."

"아아악!"

나는 재킷을 제대로 걸치지도 못하고 비명을 지르며 카페를 후다닥 도망쳐 나왔다. 온몸에 소름이 끼쳐 몸을 부르르, 떨었다. 혹시나 싶어 뒤돌아보니, 카페 유리문 앞에서 그 남자 종업원이 나를 향해 다정한 미소를 지으며 엄지와 검지를 포개어 하트를 그리고 있었다. 그 남자 종업원은, 진한 핑크색 앞치마를 두르고 있었다.

다음날이면 바뀌지 않을까. 다시 처음으로 돌아가지 않을까.

하지만 나의 바람은 우습다는 듯, 다음 날 아침에도 하늘은 여전히 핑크빛이었다.

회사에 출근한 아침, 전날 내게 핀잔을 줬던 팀장은 꿀이 뚝뚝 떨어지는 다정한 눈빛으로 나를 보며 몸은 이제 괜찮냐며 나를 염려했고, 어제 조기 퇴근하는 내게 사나운 눈초리를 쏘아댔던 동료들은 내가 나아서 다행이라는 말을 한마디씩 전했다. 자리에 앉자마자 나는 전날 나의 오후 근무를 대신 떠맡은 옆자리의 동료 화연에게 작은 목소리로 "어제 나 때문에 수고했어요, 고마워요."라고 속삭였다. 그러자 그녀는 내 얼굴을 살펴보며, 걱정 많이 했는데 다행이라며 내게 분홍색 종이로 정성스럽게 포장한 네모난 상자를 수줍게 내밀었다.

"이게 뭐예요?"

"어제 민아 씨 생각하면서 만들었어요."

"정말요? 고, 고마워요."

평소 화연 씨라면 아까 내가 그 말을 하고 난 뒤 어쩔 수 없었 다는 듯 마지못해 어색하게 고개만 까딱일 게 뻔했다. 2년을 동 료로 지내면서 조그만 크래커 하나 얻어먹은 적이 없는 사람인 데, 이건 또 뭐란 말인가.

나는 조심스럽게 선물을 풀었다. 세상에. 그것은 하트 모양의 수제 초콜릿이었다. 고마웠다. 나는 그동안 그녀가 되게 까칠하 고 차가운 사람이라고만 생각했는데, 이렇게 따스한 사람이었다 니. 나는 상자에 담긴 하트 모양의 앙증맞은 초콜릿 열 개 중 하 나를 손으로 집어 입에 쏙, 넣었다. 진하고 달콤한 밀크 초콜릿 이 입 안에서 사르르 녹아내렸다.


사람들은 하늘이 온통 분홍빛으로 변해버렸는데도 누구 하나 그걸 전혀 이상하게 여기지 않았다. 아니면 원래부터 하늘색이 핑크색이라는 집단최면에 걸렸든지. 하늘이 분홍빛으로 바뀌면서 사람들은 "사랑해"라는 말을 숨처럼 내뱉었다. 평범하기 짝이 없는 내 얼굴을 '예쁘다'고 말했고, 드라마에서나 나올 법한 다정한 말투와 친절한 행동으로 나를 대했다.

인터넷도, TV도 마찬가지였다.

평소의 그곳에는 아무리 클린시스템을 풀가동해도 악플은 늘 존재했고, TV 속 드라마와 예능프로그램에서는 갈등과 고성이 난무했고, 뉴스에서는 하루가 멀다 하고 비리와 폭력과 사고와 살인사건이 1면을 장식했다. 그런데 하늘이 핑크빛으로 물들어버린 지금은 인터넷 댓글창을 도배하던 악성댓글이 온데간데없이 사라지고, TV에서는 미소 가득한 웃음이 가득했으며, 뉴스에서 보도되던 흉악한 범죄들은 없어지고 대신 정치인들의 선행과 시민들의 훈훈한 소식들이 그 자리를 채웠다.

그러던 어느 날, 퇴근하고 집에 돌아온 나는 저녁으로 김치볶음밥을 먹으며 TV를 보고 있었다. TV에서는 연예정보 프로그램이 방송되고 있었다. 얼마 전, 사기와 마약 복용과 특수폭행으로 중범죄를 저질러 사회적 물의를 빚었던 가수 A가 불우이웃돕기 성금으로 1억 원을 기부한 소식이 보도되고 있었다. 평소 인성이 더럽기로 유명한 가수 A는 수배 중 검거되어 경찰서로 가던 중에도 죄를 뉘우치지 못한 채 사람들에게 욕을 내뱉으며 세 번째 손가락을 치켜세우고 거친 발길질을 하는 등 난동을 피워서 '똥개'라는 별명이 붙어버린 사람이었다.

정기적인 기부는 물론이거니와 고아원, 양로원, 장애인시설, 유기견 보호소 등 각종 복지시설에서 봉사활동을 하며 살고 있다는 가수 A는 선하게 미소 지으며 말했다.

"착한 마음으로 주위를 바라보니, 어느덧 세상을 사랑하게 되었습니다."

말도 안 돼. 저건 아니야. 나는 가수 A의 지저분한 인성을 떠올리며 어이없음에 그만 입이 떡, 벌어졌다.

"역겨워."

TV를 보던 나는 리모컨으로 재빨리 채널을 돌리고 고개를 절레절레 저으며 숟가락을 탁, 내려놓았다. 김치볶음밥이 반이나 남았지만 더 이상 먹을 생각이 없었다.


주말 아침은 보통 TV 속 귀여운 동물들과 함께 시작되지만, 그날은 평택으로 가야 했다. 고등학교 선배 언니의 결혼식이 있는 날이었다.

원래 친구들과 여럿이서 가고 싶었는데 친구들도 모두 직장인이었고 그녀들은 주말도 없이 일하고 있거나 삶의 여유가 없었다. 나는 대표로 친구들의 축의금 봉투를 전달할 막중한 의무를 갖고 평택으로 가기로 했다.

평택으로 내려가는 아침부터 하늘은 잔뜩 찌푸려져 있었다. 나는 고속버스를 타고 가면서 차창에 얼굴을 가까이 대고 하늘을 올려다봤다. 핑크색의 하늘은 물기에 젖어 자주색으로 물들어 있었다. 아니나 다를까, 예식장에 도착하자마자 비가 내렸다.

축의금을 무사히 전달하고, 옛 친구들도 몇몇 만났다. 나는 오랜만에 만난 친구들과 함께 결혼식에 참석했다. 이제 막 부부가 된 선배 언니와 형부와 친구들과 동료들과 양가 친지들. 결혼식에서도 사랑은 가득했다.

결혼식 후 뷔페에서 갖가지 음식을 접시에 정갈하게 담아 테이블에 앉아 먹고 있는데, 건너편에서 시선이 느껴졌다. 태준 선배였다.

"민아, 맞지? 정말 오랜만이다."

"선배님, 안녕하세요."

"응, 그동안 어떻게 지냈어? 고등학교 졸업하고 소식 못 들었는데."

그는 내게 가까이 다가와 바로 맞은 편에 앉았다. 오랜만에 만났음에도 여전히 빛나는 그 사람은, 나의 첫사랑이었다.

고등학교를 졸업하자마자 서울에서 자리 잡은 나와는 달리 태준 선배는 청주의 공군사관학교를 졸업하고 평택 공군기지에서 근무하는 공군이 되어 있었다.

고교 시절 같은 방송반이었던 우리는 방송실에서 종종 마주쳤다. 부스 안에서 마이크를 켜고 이야기하다가 문득 고개를 들면, 멘트를 잊어버린 채 넋을 잃고 바라볼 정도로 그는 멋있었다. 밸런타인데이 때 내가 수줍게 건넨 초콜릿을 가방에 집어넣고 내 머리를 쓰다듬던 사람, 내 목소리가 예뻐서 성우나 아나운서가 되어도 좋을 것 같다고 했던 사람. 태준 선배는 나의 첫사랑이었다.

"요즘은 뭐 하고 있어?"

"○○ 회사 소비자 상담실에서 일해요."

"와, 역시. 넌 목소리가 좋아서 멋진 일할 줄 알았어."

멋지지 않아요. 종일 사람들의 불평과 비난을 들어야 하는 쓰레기봉투일 뿐이에요. 나는 속에 쌓인 이야기 대신 그저 조용히 미소를 지었다.


식사를 마치고 나는 다시 역으로 향했다. 비는 아까보다 더 세차게 쏟아져 나는 택시를 잡아타기로 마음먹었다.

예식장에서 나와서 쏟아지는 비를 맞겠다는 각오를 하고 길

건너편 택시정류장까지 달릴 태세를 취하는데, 태준 선배가 내 바로 앞에 차를 세웠다.

"민아야, 차 태워줄게. 얼른 타."

망설일 틈도 없이 나는 그의 차에 탔다. 차 문을 닫는 순간, 세차게 울리던 빗소리가 순식간에 잠잠해졌다.

예식장에서 역까지는 차로 20분 정도 걸리는 거리였다. 나는 안전벨트를 매고 고개를 뒤로 기댔다. 저절로 편안하고 깊은 한숨이 새어 나왔다.

"고등학교 때도 저를 그렇게 잘 챙겨주셨는데, 오늘도 이렇게 선배님 도움을 받네요."

"이 정도야 뭐, 얼마든지 해줄 수 있어."

선배는 항상 그런 식이었다. 이 정도는 얼마든지. 그는 늘 그렇게 말하면서 방송반에서 제일 오래 남아 정리를 했고, 수업이 늦게 끝나는 날이면 나를 집까지 바래다주었다.

하지만 그가 가진 것에 비해 내가 가진 것은 너무나 작고 초라했다. 나는 외모에 자신이 없었고, 학교 성적도 좋지 않았고, 좋은 목소리를 어떻게 써야 하는 건지 몰랐다.

내가 할 수 있는 건 서울에서 멋지게 성공해서 평택으로 돌아오는 것이었다. 하지만 서울에서 내가 갈 수 있는 대학은 하위권뿐이었고, 회사에 취직했지만 내가 그곳에서 할 수 있는 일은 종일 한자리에 앉아서 사람들의 불평불만을 들어주는 전화 상담이 전부였다.

그리고 나는 잠시 돌아온 이곳에서 태준 선배를 다시 만났다. 빗물에 잠겨 핑크색이 아닌 자주색으로 축축하게 젖어버린 하늘 아래에서.


주말인데도 길은 그리 막히지 않았고 덕분에 차는 역에 금방 도착했다.

아쉬웠다. 이럴 거면 차라리 기차 예약시간을 넉넉하게 잡고 태준 선배와 커피 한 잔 마시면서 이야기 좀 나눌 걸.

태준 선배는 역 안으로 함께 들어가지 않은 채 나를 배웅했다. 나는 역 앞에서 태준 선배와 헤어지기로 했다. 그도 짧은 만남이 아쉽다는 듯 내 한쪽 어깨를 툭툭, 두드렸다.

"선배님, 고맙습니다. 다음에 또 봐요."

"그래, 종종 연락할게."

말은 그렇게 했지만, 우리가 다음에 또 볼 기회가 있을까. 종종 연락할 일이 있을까.

10대와 20대. 그 시간의 간격만큼 우리도 멀어져 있었다. 이제 우리는 한 고등학교 선후배가 아닌 공군 소위와 식품회사 소비자 상담실 상담원이라는, 아예 연결고리가 없는 사람이었다.

우리는 이제 두 번 다시 보기 힘든 사이로 변해 있었다. 나는 태준 선배와 인사를 하고 뒤돌아가면서 무척 슬퍼졌다.

"민아야!"

그때, 뒤에서 내 이름을 우렁차게 부르는 소리가 들렸다. 태준 선배였다. 벌써 우리의 거리는 멀어져 있었다. 멋진 양복 차림의 그가 내게 외쳤다.

"오늘 너무 예쁘다!"

고교 시절 한 번도 하지 않았던 말을, 그가 하고 있었다. 가슴이 아려왔다. 이제 와서 그런 말 하면 뭐해. 해주려면 십여 년 전에 진작 해줬어야지. 그럼에도 나는 태준 선배에게 그 말을 한번 더 듣고 싶어 못 들은 척 시치미를 떼고 되물었다.

"네? 안 들려요!"

그때였다.

"사랑해!"

그가 나에게 큰 목소리로 외쳤다. 사랑해. 하늘이 분홍빛으로 물든 이래, 사람들에게서 수없이 들었던 그 말. 그 말을, 나의 첫사랑이 외치고 있었다.

나는 그에게 손을 흔들며 말했다.

"저도요. 사랑해요."

눈이 부신 날

나는 그 사람에게 눈물을 들키지 않도록 역 안으로 뛰어 들어갔다. 곧이어 내가 탈 기차가 도착했다.

눈가에 번진 눈물을 닦아내고 차창 밖으로 올려다본 하늘은, 점점 분홍빛이 사라지고 있었다. 분홍색이 걷힌 하늘은 본연의 하늘색이었다.

"와, 하늘색이다."

나는 창문에 얼굴을 바짝 대고 감탄했다. 하늘은, 파란색과 흰색이 부드럽게 어우러져 은은하고 편안한 하늘색으로 다시 돌아가고 있었다.

나는 그 사람의 고백을 기다리고 있었다.

이미 지나가 버린 시간이지만, 나는 그 사람을 잊고 살았지만, 여전히 내 안에는 교복 차림의 단발머리 소녀가 좋아하는 사람의 고백을 애타게 기다려왔던 것이다. 그 시절에는 들을 수 없었던 첫사랑의 한마디. 사랑한다는 말.

월요일 아침은 늘 분주하고 피곤했지만, 그날 아침은 상쾌했다.

버스를 타기 위해 도착한 정류장은 교복 입은 학생들과 출근

길에 오르는 사람들이 있었다. 나는 고개를 들어 하늘을 올려다
보았다. 눈부시게 빛나는 하늘이었다. 분홍색이 아닌 하늘색. 그
하늘 아래에서는 예전처럼 아무나 나를 붙들고 사랑한다고 말하
지 않았다. 편안했다.

　나는 휴대폰을 들어 카메라로 하늘을 찍었다. 익숙하고 편안
한 하늘 한 조각이 사진 속에 담겼다.


　나는 다시 고갤 들어 하늘색이 분명한 하늘을 바라보며 마음
속으로 되뇌었다.


　사랑한다고.

내가 헤비메탈을 듣는 방법

(단편 '헤비메탈을 듣는 방법' 번외편)

언제부터였을까.

나를 살금살금 뒤쫓아 오던 고양이의 발걸음을 눈치챈 것은.

"야옹."

물론 그 친구의 목소리는 들리지 않았어. 그저 귀엽고 새침한 입이 오물거리는 모양이 보였을 뿐.

하얗고 자그마한 생명체는 동그란 눈망울로 나를 보며 무언가를 이야기하고 있었고, 그때 내 피부 속으로 어떤 이야기가 스며들어왔어. 배고파, 밥 좀 줘.

나는 그 조그맣고 하얀 고양이를 품에 안고 집으로 향했어.

그래, 그게 지나간 겨울이야.


며칠 후에 우리가 만나기로 한 카페에 내가 자리에 앉자마자 내 갈색 코트 단추 사이로 하얀 고양이가 고개를 쏙, 내밀었어.

마주 앉은 너는 멈칫, 하더니 허리를 푹 숙이고 내게 속삭이듯 물었어.

"얘, 뭐야?"

"며칠 전에 길에서 주웠어."

"네가 키우는 거네. 이름이 뭐야?"

"로키."

"로키? 너무 귀엽다."

너는 내가 카페로 데려온 그 고양이를 보고 로키 턱을 긁어주면서 귀여워 죽겠다는 표정을 지으면서도 주위를 살피며 입 모양으로 말했어.

"고양이 데려온 것, 카페에서 알면 싫어할 거야. 들키지 말자, 우리."

네가 로키 턱을 긁어주자, 로키는 다정하고 순한 미소를 그렸어.


지우야.

우리가 다시 만난 것도 겨울 즈음이었지.

고등학교 졸업을 앞두고 대학교들을 다니며 입학설명회를 듣던 열아홉 살 소녀들.

열세 살 때 여름방학, 캠프장에서 만나 친구가 되어 서로 메일과 SNS로 연락을 주고받다 어느 순간 소식이 뜸해졌는데 거기서 다시 만난 거지.

너는 성적에 맞춰 어느 대학에서 경제학을 전공하기로 했지만 졸업하고 나면 수필을 쓰고 싶다고 말했어. 경제학은 아무래도 내 길이 아닌 것 같다며. 정시에 회사에 출퇴근하고 월급을 받는 재미없는 일에만 얽매인 채 살고 싶지 않다고.

너는 좋아하는 것을 전공하는 나를 보며 부러워했지. 나도 너처럼 좋아하는 걸 공부하고 싶다며.

시작이야 어쨌든, 너는 수필을 쓰게 되었고 나는 그림을 그리고 있으니 삶은 결국에는 우리가 가고자 하는 방향으로 향하는 것 같아.

다들 나 같은 사람들은 수어가 아니면 대화가 안 통하리라 생각하지만 그렇지 않아. 문자메시지나 메일, 편지를 주고받으면서 혹은 입 모양을 보고도 우리는 얼마든지 이야기를 나눌 수 있으니까.

내가 소리를 못 듣게 된 것은 여섯 살 무렵 여름에 열병을 앓고 난 뒤였어.

기억은 잘 안 나지만, 그전까지 나는 음악만 나오면 그렇게 춤을 췄대. 트로트, 디스코, 힙합, 발라드, 심지어 클래식까지……

그러다 심한 열이 나는 병에 걸린 후, 내 귀는 멀어버렸어.

사람들은 팔다리를 자유로이 쓰지 못하거나 눈이 보이지 않는 장애보다는 귀가 안 들리는 게 장애 중에서는 차라리 낫다고 하지만, 그래도 장애는 장애야.

몸에 결함이 있다는 건 불행일까, 불편일까.

인생 자체로 보면 불행이지만, 하루하루를 버티고 산다는 것은 불편일 테지. 불행과 불편. 둘 다 별 그렇게 차이는 없어.

길을 다니면서 자동차가 등 뒤에서 경적을 울리는데도 피하지 못해서 다칠 뻔했던 적도 있고, 누가 부르는데도 알아채지 못해서 건방지다고 오해를 샀던 적도 있었고.


어릴 적부터 답답할 때면 나는 헤비메탈을 들었어.

너도 알지? 내가 마음이 상하는 날이면 록 음악을 듣는다는 걸.

나는 소리를 못 들으니, 헤비메탈을 듣는다기보다는 느낀다는 표현이 더 알맞을지도 모르겠다.


나는 혼자 있을 때면, 17평짜리 오피스텔이 쿵쿵 울릴 만큼 오디오를 켜고 헤비메탈을 들었어. 전자기타, 베이스, 드럼, 목소

눈이 부신 날

리 때론 키보드와 기계음.

누군가는 청각장애인들이 소리를 듣지 못한다고 하지만 우리도 음악을 들을 수 있어. 스피커에 손바닥을 가까이 갖다 대면, 공연장에서 음악을 들으면 그 진동과 울림이 피부 속으로 스며들어. 약하게나마 남아있는 청력을 위해서라도 음악을 듣지 말아야 한다고 말하지만, 그렇게까지 몸을 사리면서 재미없게 살고 싶지는 않아.


지우야.

내가 록 밴드 '굿바이 제리'의 음악에 흠뻑 빠졌다는 것을, 너도 알고 있을 거야.

로키를 만났을 즈음이었지.

늦은 밤, 잠이 오지 않아 책을 읽다 유튜브 영상을 보고 있었어. 요즘은 그런 영상에도 자막을 깔아둬서 내가 보는 데도 큰 지장이 없어. 연예인, 뷰티, 동물, 공포나 유머 이야기 등등…… 이것저것 둘러보다 내가 찾은 영상은, 록 밴드 '굿바이 제리'의 라이브 무대 영상이었어.

갈색의 긴 생머리를 휘날리며 노래를 부르는, 키가 크고 마른 백인 남자 보컬. 스탠드마이크를 두 손으로 감싸 쥐고 자신의 몸을 휘감은 악기들의 멜로디를 영혼으로 느끼며 그는 노래를 부르고 있었어.

악기를 다루는 멤버들도 멋있었지만, 보컬이 정말 근사하더라. 피부로 스며드는 목소리가 생크림처럼 부드러웠어. 대개 헤비메탈이라 하면 자동차 소음처럼 시끄러운 음악이라고 생각하는데, 그들에게서 느껴지는 음악은 그렇지가 않았어. 나는 그때부터 그들의 영상들을 보다가 앨범까지 찾아 듣기에 이르렀지.

알라딘, 인터파크, 교보문고, 멜론…… 앨범들을 다 구해서 듣긴 했지만, 마지막 앨범은 찾지 못했어. 2001년, 그들의 콘서트를 녹음한 라이브 앨범. 록 밴드 '굿바이 제리'의 공식적인 마지막 앨범 'Sensation'

인터넷을 아무리 찾아도 없더라고. 록 마니아 카페에서 수소문을 해도 그걸 갖고 있는 사람은 없었어. 그러다 밤늦게 내 게시글에 '코코아9812'라는 님이 쓴 댓글이 달렸지.

제가 2001년에 나온 '굿바이 제리' 라이브 앨범 'Sensation'을 들었던 적이 있었어요. 그 음반은 단 500장밖에 나오지 않은 희귀음반이라 무척 듣기 힘든 것인데, 2011년인지 12년인지 잠깐 음원사이트에서 음원이 올라와서 들을 기회가 있었습니다. 그저 황홀하다는 느낌밖에 들지 않던 음악…… 우주에서 유영을 한다면 아마 이런 기분이리라는 생각이 들었어요. 어딘지는 모르지만, 내가 가야 할 곳으로 멀리 날아가는 것 같은 막연함……
영원히 그 음반만 듣고 살아도 좋겠다는 위험한 생각이 들기도 하고, 현실과 환상의 아슬아슬한 경계를 노래하는 왠지 모르게 슬픈 기분도 들었어요. 그때 정말 매일매일 그것만 들었는데, 그로부터 한 달 정도 지났을까요. 그 음원사이트에서 그 음반이 사라졌더라고요. 지금 그때를 떠올려보면, 그 음반을 듣게 된 건 제게 100년에 한 번 볼까 말까 한 신기루를 만난 것 같은 행운이었어요.

'푸른 달팽이'님도 그 귀한 음반을 손에 넣고 마음껏 듣게 되셨으면 하는 바람입니다. 저도 그리워지네요, 그 음악.


분명히 기록은 남아있지만, 그 실체는 찾을 수가 없었어. 콘서트를 했었다면 본 사람들도 있을 테고, 그날의 공기가 가득 담긴 레코드도 어디선가 존재할 텐데. 그걸 찾았다는 사람은 없었어.
눈으로 봤고 이야기도 남아있지만, 손을 뻗으면 이내 사라져버리는 전설처럼 살다 간 그들.


너는 내가 그것을 듣고 싶어 한다는 것을 누구보다 잘 알고 있었어. 소리를 잘 듣지도 못하면서 그 음반을 갖고 싶어 하는 나를, 너는 어떻게 생각했을까. 가엾다고 생각했을까. 한심하고 어이없다고 생각했을까. 아니면, 평소의 네가 하는 말처럼 나를 대단하다고 여겼을까.

내가 어느 정도 크고 나중에서야 나는 아빠에게서, 내가 귀가 멀어버린 사연을 듣게 되었어.

열병은 자라면서 허약한 아이나 건강한 아이 누구든지 한 번 이상 앓는 질환이지만, 모두 다 그 열병으로 인해 후유증을 앓는 건 아니래. 대부분 그렇게 크게 아프고 나면 오히려 면역력이 생겨서 몸이 더 튼튼해진대. 그런데 어떤 아이들은 그 열병이 온몸을 휩쓸고 지나간 후에, 귀가 멀거나 다리를 절거나 몸 어딘가에 손상을 입는 장애를 얻는다고 해.

거대한 폭풍이 휩쓸고 지나간 마을에 어느 한두 집은 더 이상 복구가 되지 않을 만큼 부서진 채로 자국이 남는 것처럼. 폭풍의 흉터가 남은 집에서도 여전히 그 가족들이 살아가는 것처럼.

나는 태어날 때부터 청력이 그렇게 좋은 편이 아니었어.

등 뒤에서 내 이름을 부르다가 크게 외치면 겨우 뒤돌아보고, 음악을 듣고 춤을 추던 것도 실은 음악 볼륨을 크게 해야지 흥이 나면서 몸을 실룩거리는 거였어. 병원 선생님도 말씀하셨지. 수

연이는 청력에 특히 조심해야 해요. 밥솥 뚜껑을 세게 닫거나 갑자기 울리는 전화벨 소리, 창밖으로 울리는 자동차 경적 소리 같은 느닷없이 크게 울리는 소리에 조심하고 또 조심하셔야 합니다. 물놀이나 목욕시킬 때도 조심하시고요.

그 시절, 그 시간. 진료실에서 의사와 책상을 사이에 두고 앉아 있던 엄마의 모습이 기억나. 지금의 나와 그다지 나이 차이가 나지 않는, 젊은 엄마. 아픈 아이를 가진 게 죄인 양 의사 앞에서 주눅 든 채 고개를 푹 숙이고 있던, 겨우 서른 즈음의 어린 엄마.


지우야.

내가 온라인 음반가게에도 없으면 오프라인 중고음반가게들을 돌아다니며 그곳에서 그걸 찾아낼 거라고 했을 때 나를 비웃거나 말리지 않고 나와 함께 그걸 찾으러 다녀줘서 너무 고마워. 너도 공부하고 연애하고 아르바이트하느라 바쁠 텐데.

너는 수업이 마치는 대로 그곳으로 오겠다고 했어. 나는 미리 약속된 그 음반매장으로 향했어. 더위가 한풀 꺾였다고는 했지만, 여전히 낮은 더웠어. 지하철역에서 내린 나는 길에서 산 2,000원짜리 아이스 아메리카노를 손에 들고 마시며 천천히 걸었어. 덥지 않았냐고? 원래 여름은 더운 걸. 뜨거운 길을 걷는 건 잠시뿐이야. 여름도 잠시뿐이야.

사장님은 한낮의 창가에 누운 나른한 고양이처럼 가게 카운터에 앉아 꾸벅꾸벅 졸고 계셨어. 그걸 보고 있으려니, 슬그머니 웃음이 나오더라. 일요일 낮, 거실 소파에 앉아 TV를 보다가 까무룩 잠든 아빠가 떠올라서.

인기척을 느꼈는지 낮잠을 깬 사장님은 문득, 발견한 내게 말 없이 여유로운 미소를 지으며 따스한 두 손을 내밀었어. 마음 편히 구경하세요. 필요하시면 언제든지 저를 부르세요, 손님. 사장님의 인자한 미소를 보니, 괜스레 쪼그라들었던 마음이 스르륵 부드럽게 풀어지는 게 느껴졌어. 사람들을 만나다 보면 그렇게 말하지 않아도 대화가 가능한 사람이 있어. 마음의 공간이 넓은 사람들이 그래.

나는 눈빛으로 사장님과 인사를 나눈 뒤, 깔끔하게 진열된 레코드의 숲 사이를 거닐었어. 매장에서는 희미하게 음악 소리가 느껴졌어. 모던 록 장르의 음악이었어. 아마도 그건 큰 소리였겠지만, 내게는 그저 할머니가 끓여주시는 보리차처럼 순하기만 했어.

가게를 다니다 보면, 사장이 가게와 그 속에 있는 물건들에 대해 얼마큼의 애정을 갖고 있는지 저절로 알게 돼.

공간의 평수와는 상관없이 정갈하게 진열한 레코드들과 꽃들과 음악 기기 같은 상품들. 그곳에서 느껴지는 좋은 향기와 다정한 공기.

예컨대, 옷을 좋아하는 사람이 하는 옷 가게에서는 파는 옷을 아기 다루듯 소중히 다루고, 손님에게도 잘 어울리는 옷을 골라 주려 노력하지. 손님은 체형 상 회색 H라인 치마보다 빨간색 A 라인 치마가 더 잘 어울려요.

조각 케이크를 파는 작은 카페에서도 마찬가지야. 피로해 보이시니 호밀 머핀보다 시나몬 초콜릿 케이크를 추천할게요.

나는 유럽, 아메리카 록 장르 G 라인 진열대로 가서 '굿바이 제리'의 음반을 찾고 있었어.

하지만 그날, 내가 찾는 음반은 도저히 찾기 힘들었어. 그때 내 어깨를 탁, 치며 네가 나타났지.

"찾았어?"

"아니, 아직."

"사장님한테 물어보지."

"더 찾아보다가 물어보려고. 음반이 왜 안 보이는 거야……."

"내가 가서 물어볼게."

지우가 카운터를 향해 뒤돌아서려던 그때, 사장님이 우리 쪽으로 걸어오셨어. 아니나 다를까, 도움을 주려던 거였지.

"굿바이 제리 2001년 라이브 콘서트 음반을 찾는데…… 혹시 구할 수 있을까요?"

"굿바이 제리 2001년 라이브 콘서트 음반이라면…… 새 음반은 없고, 중고음반 코너에 가면 찾을 수 있을 거예요."

그날, 사장님은 중고음반 코너를 모조리 다 뒤집듯 뒤져 그 음반을 찾아주려 하셨어. 하지만 '굿바이 제리' 라이브 음반은 찾을 수가 없었어.

이제 또 어디로 가야 하나. 나는 한숨을 내쉬었어.

"연락처를 남겨주시겠어요? 새 음반은 들어오는 날짜가 정해져 있지만, 중고음반 같은 경우는 언제 물건이 들어올지 모르거든요. 아니면, 제가 아는 다른 매장에 한번 찾아볼게요."

사장님이 입 모양으로 말했어. 나는 그 입술이 뿜어내는 이야기를 열심히 읽었어, 늘 그랬듯.

010 - 2*** - 7***
2001년 굿바이 제리 라이브 음반 구하시면 이 번호로 문자 보내주세요. ^^

수연

나는 카운터 위 메모장에 내 전화번호를 남겼어. 전화 말고 문자로 꼭 연락해달라는 부탁과 함께.

레코드 가게를 나선 우리는 팔짱을 낀 채 옷과 액세서리와 책을 구경했지만 내 기분은 좀처럼 밝아지지 않았어. 너에게도 미안했어. 나중에서야 그날 네가 남자친구와 약속을 깨고 나를 만나러 왔었다는 걸 알고 허둥지둥 당황스럽던 내 마음.

우리는 저녁으로 맥도날드 치킨버거 세트를 먹고 집으로 가는 버스정류장을 향했어.

그때, 저만치서 사람들이 모여 있는 것이 보였어.

"우리, 저기 가볼래?"

너는 손가락으로 그곳을 가리키며 내게 말했어. 조금은 서늘해진 바람이 불어오고 있었고, 저녁이 서글픈 빛으로 짙게 가라앉고 있었어.


지우야.

우리는 취향이 참 다르면서도 같은 게 많지.

너는 EDM이나 클럽음악을 좋아하는 반면 나는 록 음악을 좋아해. 하지만 음악을 좋아하는 건 똑같아.

너는 닭 날개를 좋아하고 나는 닭 다리를 좋아해서, 치킨을 시키면 먼저 손이 가는 조각이 다르지만 둘 다 치킨을 좋아하는 건 같지.

그래서 우리가 이렇게 오랜 시간 친구로 사이좋게 지내는 건지도 몰라.

우리가 간 그곳에서는 버스킹 공연이 시작되는 중이었어.

우리는 내일을 위해 고단한 몸을 쉬러 집으로 가야 했지만, 사실 집으로 일찍 들어가기 싫었어. 우리는 서로의 눈빛으로 그 마음을 읽었던 거야.

밴드 주위를 둘러싼 사람들은 꽤 많았어. 너는 그 속에서 나를 잃어버리기라도 할 듯 내 손을 꼭 잡고 있었어.

밴드 멤버들은 전자기타와 베이스기타와 드럼과 마이크를 세팅하고, 사람들에게 씩씩하게 인사를 한 후 공연을 시작했어.

여자 보컬 한 명과 남자 멤버 세 명으로 구성된 밴드.

그들은 음악을 연주하면서, 사람들과 눈을 맞추고 함께 박자를 타면서 공연을 했어.

나도 너와 함께 박수를 치면서 환호성을 질렀지. 마치 그 즐거운 노랫소리가 내 귀에 아무 걸림돌 없이 무사히 닿는 것처럼. 사람들의 따뜻한 기운과 즐거운 표정과 좋아하는 일을 하는 자신을 세상에 선보이는 청춘들.

지우야.

눈이 부신 날

그 순간, 예전에 만났던 그 친구가 떠오른 건 왜였을까.

음악을 좋아하고 공연을 즐겨보러 가던 친구였지. 그를 처음 만난 곳도 공연장이었고.

나는 그날 너와 함께였는데, 그는 나만 기억했어. 어떻게 알았는지 내 인스타그램에 팔로우를 요청하고, 이야기를 주고받았어. 어느 깊은 밤, 그 친구가 내게 고백을 했어. 넌 참 좋은 사람 같아. 만나보고 싶어.

그전까지 메시지만 몇 번 주고받다가 그때부터 직접 만나 밥도 먹고 영화도 보면서 즐거운 시간을 보냈지. 그래, 그건 참 좋은 기억이야. 지금 생각해봐도.

그 사람을 통해 나는, 사람들이 왜 그렇게 만나고 사랑을 하는지 비로소 알게 되었어.

얼마나 시간이 흘렀을까.

그 사람이, 자기 친구들이 나를 보고 싶어 한다며 내게 조심스럽게 말을 건넸어. 하진이가 푹 빠진 그 매력적인 여자가 도대체 누구냐며, 다들 날 만나고 싶어 한다고. 그도 그 말을 꺼내기가 여간 망설여지는 일이 아니었을 거야.

나는 약한 모습을 보이지 않으려 가벼운 목소리로 언제 한번 만나자고 말은 했지만, 사실 나도 그의 그 이야기가 품 안에 커다란 돌덩이를 안은 것처럼 부담스럽고 무거웠어.

그렇게 만난 그의 친구들은 내가 너무 예쁘다고, 하진이가 왜 그렇게 꼼짝을 못하는지 알겠다며 칭찬을 늘어놓았어. 집에 갈 때도 애인 모셔다 주라며 빨리 자리를 정리하는 듯 보였고.

내가 건강하지 않아도 전혀 그런 걸 불편해하지 않는 사람들이구나. 그들은 나를 싫어하지 않는구나. 그렇게 그들에게서 좋은 인상을 받았는데, 나중에야 그의 또 다른 친구이자 내 고등학교 선배에게서 그날 만남 이후의 이야기를 들었어.

그날 만났던 친구들 중 한 명이 그랬대.

하진이가 만나는 여자가 귀머거리라고.

네가 뭐가 부족해서 장애인을 만나냐고, 다리가 불편하든 귀가 불편하든 몸 어딘가가 시원찮은 여자와의 연애는 언젠가 끝장나기 마련이라고.

친구들에게서 그런 말을 들었을 그를 생각하니, 더는 그를 만나면 안 될 것 같았어. 지금의 우리 두 사람은 마냥 좋더라도, 시간이 흐를수록 관계가 확장되고 우리의 세상은 점점 넓어지면서 상처받는 횟수도 점점 늘어날 텐데.

그날 만난 친구들 중 또 한 명은 밴드 베이시스트였는데, 매번 자기 공연에 초대하던 그를 그다음부터 부르지 않았어. 물론 나에게 오라는 말도 없었지.

그렇게 우린 헤어졌어. 내가 먼저 헤어지자고 했어. 그 친구도 그냥 알았다고만 했고.

　지우야.

　그날 만났던 친절한 사장님이 다시 연락을 주신 건 그 일이 있고 닷새 후, 학교에서 계절학기 강의를 듣고 있을 즈음이었어.

　손님, 오늘 굿바이 제리 라이브 앨범 구했어요.
　주소 알려주시면 제가 내일 아침에 편의점 택배로 부
　쳐드릴게요.

　세상에! 그 음반을 찾으셨다니! 나는 그 문자메시지를 보는 순간, 강의실인 것도 잊고 소리를 지를 뻔했고 기괴한 고함이 쏟아지려던 내 입을 한 손으로 급히 틀어막았어.

　너도 내 비명소리가 얼마나 괴상한지 잘 알 거야. 누군가는 내 목소리를 듣고 귀를 막거나, 어린아이를 다그치듯 제 입술에 검지를 갖다 대며 '쉿!'하기도 했어. 심지어는 내 괴성을 듣고, 냅다 도망을 치기도 했지. 너는 내색하지 않았지만, 내 귀에 들리지도 않는 내 목소리가 다듬어지지 않은 자갈길처럼 거칠고 울퉁불퉁하다는 걸 나도 아니까.

　사장님이 편의점 택배로 부치시면 그다음 날 받을 건데, 나는

도저히 그때까지 기다릴 수가 없었어. 그래서 사장님께 바로 답
장을 했지.

> 택배로 보내지 마시구요. 제가 학교 수업 마치고 오늘
> 저녁에 들를게요.
> 굿바이 제리 라이브 구해주셔서 고맙습니다.^^

그 조그맣고 오래된 그것이 눈부신 빛이 되어 내 마음속 짙은
그림자를 모조리 다 걷어내 주는 것만 같았어. 너무 기뻤어.

너랑 함께 가고 싶었는데, 넌 그날 혼자 여행 중이었어. 여름
이 가기 전에, 대학의 후반기라고 할 수 있는 3학년 2학기를 시
작하기 전에 혼자서 여행을 하고 싶다며 당진으로 떠나 아직 돌
아오지 않았던 그날.

나 혼자 레코드 매장까지 가는 건 문제가 없었지만, 그 사장님
과 대화가 통하지 않거나 내가 사장님의 입 모양을 잘 읽지 못하
면 어쩌지 하는 걱정을 하면서 시간이 얼른 달리기만을 기다렸
어.

그곳으로 향하는 전철 속의 사람들은 거의 다 이어폰을 끼고

휴대폰 화면을 들여다보고 있었어. 그러다 피식피식, 입술 밖으로 실없는 웃음을 흘리는 이들도 있었고. 모두 다 무엇을 듣고 있던 걸까. 라디오? 음악? 아니면, 동영상?

그 공간에서 듬성듬성 앉아있는 이들 중에 무언가를 듣지 않고 있는 사람은 나 혼자뿐이었어.

지하철역에서 내려 파란 신호등이 켜진 횡단보도를 건너려던 찰나였어. 내 앞으로 반들반들한 외제 승용차 한 대가 쏜살같이 지나갔어. 횡단보도 신호등은 분명 파란 불이었고 자동차도로 신호등은 빨간 불이니까. 나는 그에 맞춰 길을 건너려고 했을 뿐인데, 그 차의 운전자는 차창을 열고 내게 인상을 쓰고 소리를 지르며 삿대질을 해댔어. 그 중년 남자 운전자의 성난 입술은 말하고 있었지. 저기서부터 경적을 울렸는데, 왜 바보처럼 안 피하는 거야! 정신 똑바로 차리고 다녀, 이년아!

그래, 내가 내 모든 이야기를 일일이 타인에게 설명할 필요는 없어. 그들도 내 이야기를 모두 다 알 필요도 없고.

한두 번 겪은 일도 아닌데 괜스레 눈물이 날 것만 같아 나는 고개를 들고 눈을 연신 깜박거렸어. 하늘 위 이글거리는 태양이 울먹울먹 번져 보였지.


다행히도 축제 레코드 가게 사장님과 나는 대화를 할 수 있었어. 사장님은 입 모양을 최대한 또박또박 움직이며 천천히 내게 이야기를 전해주었고, 나는 그 이야기를 다 알아들을 수 있었어.

"같은 일을 하는 친구한테 부탁했어요. 너희 매장에 이 음반 있으면 나한테 보내달라고. 그 친구가 오늘 낮에 보내줬어요."

사장님은 처음에는 당황스러워하셨지만, 내게 그렇게 정성껏 의사전달을 해줬어.

나는 그렇게 이 음반을 가지게 되었어.

지금도 오디오로 듣고 있어. '굿바이 제리'의 'parlando'라는 노래.

'팔란도'는 '이야기하듯이' 혹은 '노래를 말하듯이'라는 뜻을 가진 음악 기호야. 제목처럼 보컬 글렌 크레이그는 자연스럽게 이야기를 하듯 노래를 부르고 있었어.


사실, 글렌은 어릴 적부터 청력이 그다지 좋지 않았대.

그래서 엄마 손을 잡고 간 병원에서도 글렌은 매번 그런 이야기를 들었지. 글렌은 청력이 워낙 약해서 귀를 잘 관리해주셔야 해요. 시간이 흐를수록 청력이 더 나빠질 겁니다. 시끄러운 음악이나 갑자기 터지는 소리를 피해주시고, 아이의 귀에 염증이 생기지 않도록 조심해주세요.

어릴 적의 내가 엄마와 병원에 갈 때마다 들었던 것과 똑같은 이야기.

하지만 아무리 주의를 기울여도 마음이 움직이는 건 어쩔 수가 없어. 그런 글렌이 음악을 하게 된 것 말이야. 내가 잔소리가 많은 주인집 할머니나 로키가 가진 특성 같은 걸 재지 않고, 나를 따라 걸어오는 고양이 '로키'를 덥석 안고 데려온 것처럼.

글렌은 나이가 들면 자연히 청각장애인이 될 운명이었지만, 헤비메탈 그리고 교통사고 때문에 그 시기가 더 빨리 찾아온 걸 거야. 결국 자기 집에 침입한 괴한의 습격 탓에 목숨을 잃게 된 거고.

하지만 사람이 살면서 어떻게 안전하게 포장된 길만 걸으며 살 수 있겠어. 사람에게는 누구나 하고 싶은 꿈이 있고, 이루고 싶은 목표가 있고, 위험하더라도 가서 보고 싶은 경치가 있는 여행지가 있을 텐데.


로키도 그렇지.

파란 눈에 하얀 털을 가진 고양이는 멜라닌 색소 이상 때문에 난청일 경우가 많대. 특히 로키처럼 한쪽 눈만 파란 오드아이는 귀 양쪽 다 들리지 않는 경우가 많다고 하더라고.

로키를 병원에 데려갔을 때도 수의사 선생님이 로키의 몸을 이리저리 검사해보더니 그랬어. 이런 고양이는 귀머거리예요.

그래도 키우시겠어요?

하지만 가족이 되어달라며 내 품에 들어온 이 작은 고양이를, 차디찬 길을 헤매던 가여운 아이를 청각장애가 있다는 이유로 어떻게 매몰차게 내칠 수가 있겠어. 나는 로키를 안고 동물병원을 나섰지. 거리는 찬바람이 불고 있었고, 로키는 내 품에 더 깊숙이 머리를 파묻었어.

가족이라면, 귀가 안 들린다는 이유로 버리지는 않으니까.


헤비메탈의 두근두근한 리듬을 피부로 들으면서 춤을 추는 나를 보며, 로키는 어떤 생각을 할까. 한심하다고 생각할까, 불쌍하다고 생각할까. 로키의 눈에는 내가 음악도 없이 몸을 흔드는 걸로 보일 텐데.

축제에 가면 사람들 모두 주위의 시선은 신경도 쓰지 않고 노래를 부르고 춤을 추고 때론 소리 지르고 울고 웃으며 음악을 즐겨. 어쩌면, 장르를 초월한 모든 음악은 모두가 공평하게 즐기는 축제가 아닐까.


주위에서의 말과 행동에 너무 신경을 쓰면 정작 나를 잃게 돼.
주위에 신경을 적당히 끄고, 주어진 조건에서 내 길을 조용히 걸어가는 게 지금 내가 할 수 있는 최선이야.

나를 잃지 않도록. 내 앞에 주어진 길을 잃어버리지 않도록. 심장의 리듬을 느끼면서, 그렇게.


나, 너한테 좋은 소식 들려줄 게 있어.

나 오늘 삽화 공모전에 당선됐어. 너랑 기쁨을 함께하고 싶어서 오늘 맛있는 와인도 사 왔어.

저녁에 피자 시켜 먹자. 오늘은 내가 다 쏠게.


우리 다음에 축제 레코드 가게에 또 가자.